ASSASSIN'S CREED®

NO INTERIOR DO *ANIMUS*

POR DENTRO DE UM FILME HÁ SÉCULOS EM PRODUÇÃO

IAN NATHAN

PREFÁCIO POR GÉRARD GUILLEMOT

PIXEL MEDIA

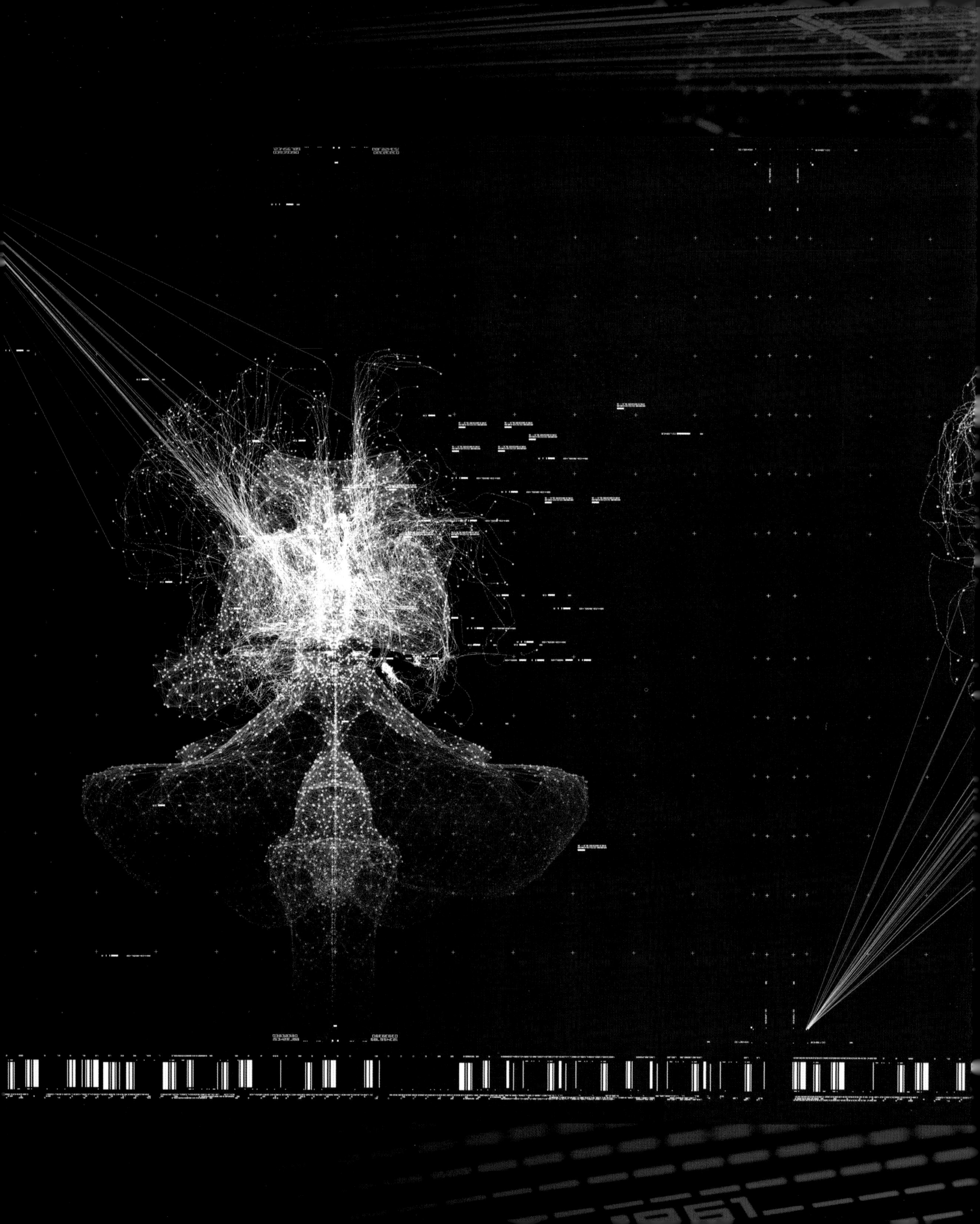

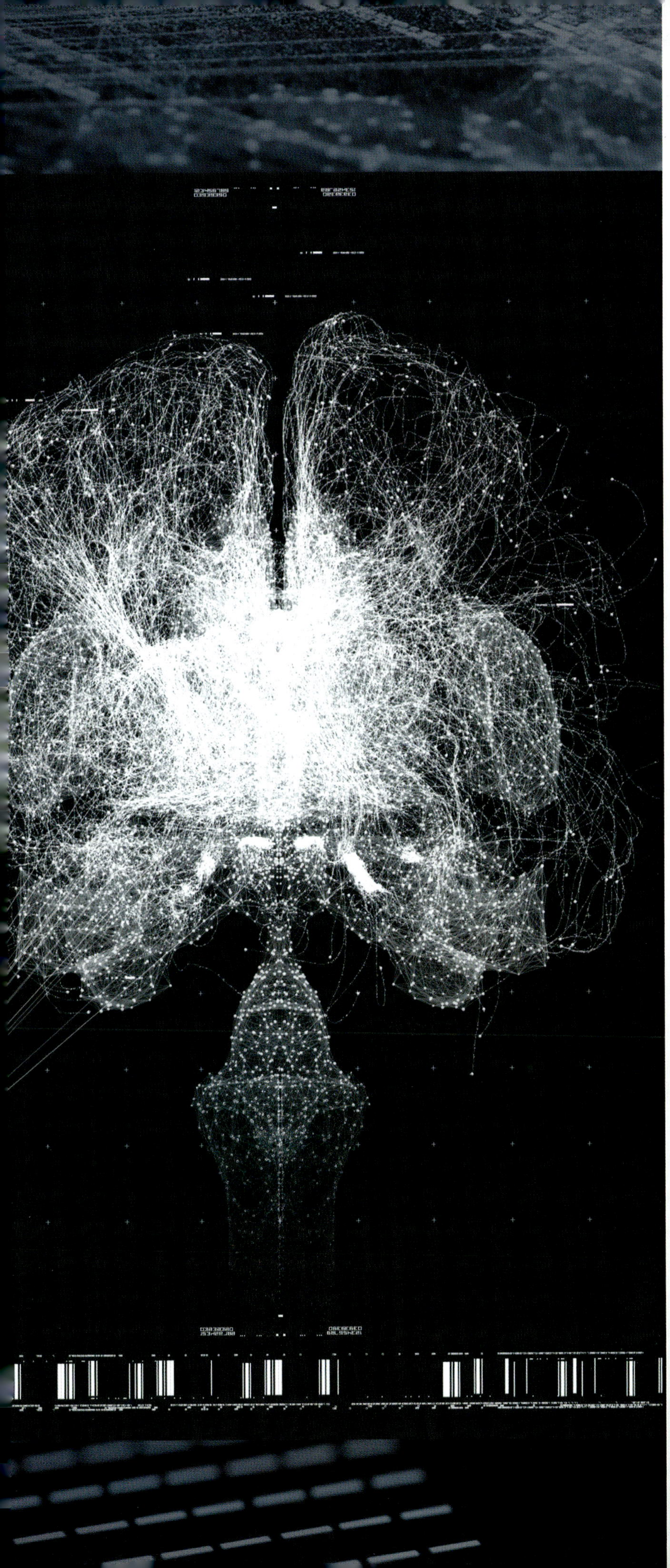

ÍNDICE GERAL

PREFÁCIO

FAZER O FILME DE *ASSASSIN'S CREED* foi uma aventura. Até agora, jogos têm sido adaptados para Cinema sem a colaboração de seus criadores, e os realizadores não entendiam necessariamente a essência do jogo. Então, sabíamos que a Ubisoft teria de encontrar os parceiros certos para nosso primeiro filme. Mas nós precisamos ser pacientes.

Por cinco anos, houve discussões com muitos atores e diretores, mas foi apenas quando conhecemos Michael Fassbender, nossa estrela e produtor — e, então, o diretor Justin Kurzel — que ficamos confiantes em poder criar algo especial.

No passado, as adaptações de jogos eram compreendidas somente como filmes de ação. Os produtores pensavam que um bom diretor nesse gênero era tudo de que precisavam. As acrobacias e os efeitos especiais poderiam ser ótimos, mas não haveria uma dimensão humana no filme. Eu adorei a escolha de Justin Kurzel para dirigir o filme porque ele já havia assumido riscos em outras produções. Ele correu riscos e aceitou a pressão quando adaptou *Macbeth*, de William Shakespeare, para o Cinema. Isso comprova que Justin sabe levar em consideração outros meios, como o teatro ou os jogos, para criar um produto novo sem deixar de transparecer suas origens.

Justin não teve medo de buscar algo realmente inovador, de encontrar um novo meio para expressar o que está no jogo. Por exemplo, o *Animus* — dispositivo por meio do qual o herói vivencia o passado — era, apenas, uma cadeira no jogo. Para o filme, Justin criou um enorme braço mecânico que move Callum, o personagem principal, pelo ar. Logo em seguida, imagens de seu ancestral Assassino, Aguilar, são sobrepostas na câmara do *Animus* por meio de efeitos visuais impressionantes. Essas não são imagens sintéticas, mas sim camadas de imagens reais. Eu nunca vi algo parecido antes. Sinceramente, Justin fez mais que um filme de ação. Ele conseguiu expressar o significado humano de todo o conceito de *Assassin's Creed*.

O nível de comprometimento de Michael Fassbender tem sido extraordinário. Esse é um projeto muito importante para o ator, e nele Michael sempre acreditou. Ele teve um papel vital no desenvolvimento da história. Michael trabalhou com os desenvolvedores do jogo para entender a intenção por detrás de cada elemento e como essa intenção poderia ser traduzida para a história. Além de tudo, é um ator muito especial. Ele gosta de transitar entre diferentes contextos, diferentes histórias e sabe fazer isso muito bem. É interessante o que ocorre no momento em que vemos alguns atores: percebemos, quase imediatamente, quanto eles são astutos. Michael extrai o máximo de todos até o final. Mesmo os outros Assassinos acham que ele é perigoso.

Muito mais que uma ótima série de jogos: sempre soubemos que esse era o conceito de *Assassin's Creed*. É, de fato, uma história com profundidade humana. Ela nos mostra como o passado afeta quem somos. É uma história sobre o conceito de livre-arbítrio e controle. É sobre ver as coisas de forma menos simplista: os Templários são os caras maus, os Assassinos são os caras bons. Entretanto, os Templários querem uma sociedade funcional para manter as pessoas organizadas e seguras; os Assassinos querem impor o oposto. Esses são grandes temas.

E também há espetáculo. O filme tem batalhas enormes e mostra todos os movimentos do jogo no mundo real: pular de um edifício para outro, correr lateralmente pelas paredes e saltar de alturas insanas.

A Ubisoft alcançou um nível de excelência tão grande que, cada vez que a empresa lança um novo jogo no mercado, as pessoas sabem que o produto foi feito com muito cuidado e com atenção à qualidade. "Cuidado" e "qualidade" também estão presentes nesse primeiro filme da Ubisoft. Não é apenas "mais uma adaptação de um jogo"; é algo de que podemos nos orgulhar, algo que ultrapassa o puro entretenimento. Acho que as pessoas continuarão a falar desse filme nos próximos anos.

Nossa paciência, de fato, rendeu frutos.

Gérard Guillemot

Diretor Executivo da Ubisoft Motion Pictures

PÁGINAS ANTERIORES: *Gráficos do* Animus *mostram um cérebro fora de sincronia com a máquina.*

À DIREITA: *A iniciação de Aguilar na Irmandade dos Assassinos.*

CAPÍTULO 1

O LEVANTE DO ASSASSINO

O ASSASSINO PERFEITO

FAZ MAIS DE CINCO ANOS que a equipe da Ubisoft Motion Pictures se reuniu com o Diretor Executivo da Ubisoft, Yves Guillemot, para discutir o potencial cinematográfico de *Assassin's Creed*. De acordo com Guillemot, era essencial que o DNA dos games fosse respeitado em qualquer tentativa de adaptá-los para outro meio. Devido a seus grandes sucessos — *Prince of Persia*, *Splinter Cell* e *Assassin's Creed* —, e tomando-os por base, a Ubisoft ansiava por uma expansão: passar de uma empresa de games para uma de entretenimento, construindo, assim, seu próprio estúdio cinematográfico. Os mundos por ela criados tinham um enorme potencial para além do reino dos videogames. Isso significava encontrar o ator certo para ser o Assassino protagonista em um filme.

Eles encontraram a pessoa perfeita em um restaurante de Londres. Não era nada chique, apenas um lugar comum. Um local que não chama tanta atenção. Foi uma reunião de grande importância entre a Ubisoft Motion Pictures (UMP) e o futuro produtor e estrela, Michael Fassbender. "O Assassino perfeito", diz Jean de Rivieres, Produtor Executivo, sobre Fassbender, ao recordar esse momento significante da transformação de uma franquia épica de videogame em longa-metragem. Uma adaptação que a Ubisoft Motion Pictures acreditava que redefiniria a ideia de videogames no cinema.

Desde o começo, sua intenção era criar algo verdadeiramente excepcional com base na franquia — que, até agora, deu origem a mais de dez jogos principais, além de romances e revistas em quadrinhos —, fazer um grande filme de ação, mas com a profundidade de personagem característica dos jogos de *Assassin's Creed*. "Um filme de muito conteúdo", de acordo com o produtor Jean-Julien Baronnet. Eles queriam fazer um filme convencional, mas com grandes ideias e complexidade moral.

Em vez de fazer uma lista com nomes de atores famosos, a equipe da UMP listou as características e as qualidades fundamentais de um ator para ser o Assassino perfeito. Quase que instintivamente a equipe escolheu Michael Fassbender para o papel principal.

Com experiência tanto em filmes de época quanto em papéis de ação fisicamente exigentes, Fassbender é um indivíduo singular. Uma espiadela em sua filmografia facilmente nos revela a mistura de filmes independentes elogiados (*Hunger*, *Shame* e *12 Anos de Escravidão*) com filmes mais convencionais – porém, não menos carregados de ideias exóticas – como *X-Men: Primeira Classe* ou *Prometheus*. Michael Fassbender personificava, com exatidão, o que a equipe da Ubisoft buscava tanto física quanto psicologicamente.

Então, no final de 2011, De Rivieres e Baronnet se reuniram com Fassbender em um tranquilo canto de Londres e mostraram ao ator germano-irlandês o extraordinário mundo por detrás do jogo: como uma guerra secreta entre os Assassinos e os Templários tornou-se mais colérica ao longo da história. E como um herói contemporâneo, utilizando a tecnologia conhecida como *Animus*, acessava memórias ocultas em seu DNA e as enxergava através dos olhos de seu ancestral, que, conforme eles explicaram, viria a ser um dos maiores heróis da Irmandade dos Assassinos.

Naquela ocasião, Baronnet e De Rivieres ainda não tinham um roteiro e um estúdio. Eles apenas conversaram com Fassbender. O ator fez algumas perguntas e, em apenas dez minutos de conversa, já estava adorando a ideia. "Esse conceito de memória de DNA foi a primeira coisa que me saltou aos olhos", recorda Fassbender, atraído pela viabilidade da ideia. "O nível de credibilidade de uma história fantasiosa é muito elevado quando nela existe algo embasado cientificamente. A plateia consegue acreditar na história."

ACIMA: *Michael Fassbender filmando um assassinato em* close-up *na locação em Almeria.*

PÁGINA OPOSTA, CANTO INFERIOR: *A execução de Callum é apenas o começo.*

A memória de DNA deu uma base sólida para o drama e para o conflito entre os dois exércitos, os Templários e os Assassinos, que vêm batalhando desde o nascimento da humanidade. E Fassbender ficou entusiasmado com as "várias incertezas" resultantes da eterna batalha entre os dois exércitos. Como os Assassinos poderiam ser os caras legais se eles matavam, ainda que em busca de um propósito maior? Por que os Templários são os vilões se eles desejam ajudar a humanidade? Imediatamente, ele pôde ver que esse material era épico e empolgante, mas longe de ser convencional.

Três horas depois, De Rivieres e Baronnet apertaram a mão de Fassbender e o convidaram a conhecer os integrantes da equipe de desenvolvimento de jogos para mergulhar no universo do game. Uma semana depois, ele estava dentro do projeto. Mas, naquela primeira tarde, o time da UMP já sabia que eles tinham encontrado seu Assassino. Tudo de que precisavam agora era de um roteiro, de um diretor e de um estúdio.

A ORIGEM DE UMA MARCA

NO COMEÇO DOS ANOS 2000, a Ubisoft estava produzindo uma sequência para *Prince of Persia: As Areias do Tempo*, o mais recente jogo dessa bem-sucedida série de fantasia. Eles começaram a desenvolver um cenário mais realista para a sequência, criando um novo personagem Assassino para alcançar o realismo desejado. Tratava-se de uma mudança definitiva em *Prince of Persia*: de história fantástica no estilo "1001 Noites" para uma propriedade intelectual completamente nova. Em 2006, a Ubisoft tinha estabelecido a ideia de um personagem moderno — um código para o jogador — que utiliza memória genética para conhecer a vida de seu ancestral, um Assassino medieval que podia escalar, deslizar e saltar sobre telhados, utilizando uma versão animada do esporte de rua francês conhecido como *parkour*. Ambientado na época da Terceira Cruzada em um historicamente meticuloso Oriente Médio, *Assassin's Creed* foi lançado com grande aclamação em 2007.

Dono de profundo conhecimento e nítido entusiasmo — ambos oriundos de anos de imersão na franquia —, Aymar Azaïzia, Diretor de Conteúdo de Marca de *Assassin's Creed*, acredita que as ideias de lutar por uma causa e de fazer justiça provocaram uma resposta emocional dos fãs. "Você se torna uma parte dos intensos momentos históricos no jogo", ele diz. "*Assassin's Creed* dá aos fãs a chance de encontrarem personagens históricos e de se tornarem uma importante peça nos conflitos e batalhas no

SUPERIOR, À ESQUERDA: *Arte conceitual inicial feita por Khai Nguyen para o jogo* Assassin's Creed.

SUPERIOR, À DIREITA: *Ilustração mostra Aguilar escapando de soldados espanhóis ao realizar o Salto de Fé de uma ponte.*

decorrer da história." Esse protagonismo concede ao jogador poder de decisão nos meandros da história.

Embora a ação fosse intimista, o cenário era vasto. Esse foi o nascimento do jogo de mundo aberto. "Você tem um monte de opções sobre o que fazer e aonde ir", explica Azaïzia. "Você está no controle de seus interesses. Isso dá poder ao jogador." Além disso, em vez de criar um reino de fantasia, a Ubisoft ofereceu um passeio turístico e histórico ricamente detalhado. Azaïzia gosta de enfatizar que a história é parte do DNA da franquia. Daí o lema: "A história é nosso playground."

Nas sequências posteriores, *Assassin's Creed* visitou diferentes períodos históricos e personagens, sempre utilizando a tecnologia avançada do *Animus* dentro do jogo. Em suas várias interações, a série viajou para a Itália Renascentista, para a Revolução Americana, para as águas do Caribe assombradas por piratas, para a Revolução Francesa, para a China Imperial, para a Londres Vitoriana no ápice da Revolução Industrial, para o Império Sique na Índia, para a Revolução de Outubro que varreu a Rússia para o caos, entre outros lugares e épocas históricas.

Cada cenário representava não só um momento essencial de revolta e mudança, mas também de revoluções na arte, ciência e filosofia; o melhor e o pior da humanidade. Esses elementos compuseram uma gigantesca tapeçaria histórica sobre a qual foram entrelaçados fatos e ficção. Os jogadores podiam conhecer figuras históricas tão diversas quanto Leonardo Da Vinci e Charles

Darwin, e livremente correr entre locações como as alturas vertiginosas da Catedral de Notre-Dame ou a confusa praça londrina Piccadilly Circus, por volta do ano de 1868. A eterna batalha entre Assassinos e Templários seria recriada em cada pano de fundo. Ação frenética combinada com ideias intelectuais, o que seria mais cinematográfico?

Assassin's Creed apresentou grandes oportunidades narrativas. Tratava-se de uma expansão do universo, não de uma adaptação de um jogo específico. As questões principais eram o tema e a época em que o filme se passaria. Toda a história registrada estava disponível; esse universo é, sem dúvidas, ilimitado. Todavia, levando em consideração o que era fundamental para o jogo, eles precisavam de agitação, um momento essencial na história. A locação e o período histórico tinham que ser algo novo para os jogadores e, ao mesmo tempo, oferecer a arquitetura consagrada na qual o Assassino poderia escalar e saltar, desafiando a gravidade. Não demorou muito para que se escolhesse a Inquisição Espanhola do século XV, localizando a história em Sevilha e Granada,

ABAIXO: *O emir muçulmano Muhammad XII, Tomás de Torquemada, da Inquisição, e o soldado Templário Ojeda dentro da Corte dos Leões.*

PÁGINA OPOSTA: *Maria e Aguilar encaram a ira da Inquisição.*

onde as últimas forças mouras resistiram. O catolicismo estava lutando contra o islamismo em paisagens urbanas repletas de torres, pontes e parapeitos até onde os olhos conseguiam enxergar. Sem mencionar a alta probabilidade de se mergulhar para a morte nas ruas abaixo.

Segundo De Rivieres explica: “Também havia histórias com que poderíamos brincar; fatos, personalidades e ideias que poderíamos combinar.” Esse era o tempo do temido Torquemada, como também do intrépido explorador Cristóvão Colombo.

Não havia como resistir a tantas possibilidades que o local e a época disponibilizavam. Então, eles tinham seu playground histórico. Nós ainda estamos sentindo as repercussões dessa era. A Inquisição teve uma enorme importância na criação da nação espanhola, e a queda de Granada foi historicamente tão importante quanto. Em 1491, o Rei Fernando II e a Rainha Isabel I estavam utilizando a Inquisição para unificar a Espanha sob uma única religião: a Igreja Católica. As guerras foram custeadas pelo ouro roubado dos barões sob esta condição: caso se negassem a ajudar, eles terminariam ardendo no inferno ou em algum lugar mais próximo. Houve apenas uma cidade que resistiu: Granada, uma cidade resplandecente na costa sul. Governada pelo emir muçulmano Muhammad XII, nela viviam judeus, cristãos, muçulmanos e mouros em relativa harmonia. Por essa razão, Granada não era uma ameaça somente para a credibilidade da Inquisição e de seu representante implacável, Tomás de Torquemada, mas também para a ideia do Deus católico universal. Por conta disso, todo o poder da Inquisição foi utilizado para derrubar Muhammad. A tomada de Granada em 1492 levou ao nascimento da nação espanhola.

É para dentro dessa fornalha que vão os Assassinos e os Templários, cada um com seus próprios interesses.

FORJANDO UM FILME

ENQUANTO A EQUIPE DE DESENVOLVIMENTO trabalhava arduamente na Espanha do século XV, Fassbender fez seis filmes, em mundos tão diversos quanto *Macbeth: Ambição e Guerra* e *X-Men: Apocalipse*. Entretanto, ele esteve muito mais envolvido com *Assassin's Creed*. Por meio de chamadas de conferência regulares e reuniões ocasionais, ele ajudou a desenvolver não apenas seu personagem, mas também toda a essência do filme. "Quando conversamos pela primeira vez, eu tinha acabado de criar uma produtora, a *DMC Film*", diz Fassbender. "Eu queria participar como produtor e ajudar a desenvolver a história desde seu início."

De uma perspectiva narrativa, o roteiro foi um desafio. Normalmente, um filme gira em torno de um herói e de um antagonista. O enredo é ligado ao herói e segue seu arco narrativo, em geral desenvolvendo apenas um período de tempo.

Com *Assassin's Creed*, eles foram confrontados com *dois* heróis: um no presente, Callum, e outro, Aguilar, no passado. Havia dois vilões, no passado e no presente, intimamente ligados. Além disso, os personagens dos dias atuais não viajam realmente para o passado; eles o observam do presente. Então, as sequências da Inquisição e as de Abstergo estão, de certo modo, na mesma linha temporal, como em um universo paralelo.

O primeiro desafio foi criar dois heróis da mesma linhagem. Ambos seriam interpretados pelo mesmo ator, mas tudo deveria ser feito de modo que os espectadores entendessem que se tratava de personagens diferentes. "Nós todos concordamos que o personagem dos dias atuais deveria carregar a história", diz De Rivieres. "A história segue o arco narrativo do personagem Callum. A dificuldade estava em assegurar que o passado alimentaria a história do presente."

Eles criaram uma dinâmica na qual os Templários — sob a aparência de uma corporação atual chamada Indústrias Abstergo — conectam Callum ao *Animus* e o fazem reviver as memórias de seu ancestral, Aguilar – um Assassino recém-iniciado que assombra os conflitos no sul da Espanha, fora da jurisdição da Inquisição. Enquanto Callum assiste, impotentemente, aos eventos do *Animus*, a Abstergo está confiante de que Aguilar os conduzirá ao local onde um poderoso artefato fora escondido.

O segundo desafio foi como unir as duas narrativas. Como uma sustentaria a outra? A resposta estava no próprio *Animus*. A tecnologia não apenas oferecia uma visão cinematográfica original, mas também resolvia muitos dos problemas de natureza narrativa. Ao ligar os dois personagens através do *Animus*, o ancestral de Callum poderia ajudá-lo a aprender mais sobre sua própria vida.

Em outras palavras: ao vivenciar as memórias de Aguilar, Callum passa de "prisioneiro-no-corredor-da-morte" a Assassino. Ele absorveria toda a experiência de ser Aguilar de uma forma bastante cinematográfica: passo a passo, nós vemos como Aguilar "ensina" Callum até o momento em que este percebe que não decidiu se tornar um Assassino, ele *nasceu como um*. Os realizadores agora tinham a jornada do herói e os temas que desejavam explorar, como o preço do livre-arbítrio.

Os Templários acreditam que a erradicação da violência poderia trazer um fim à guerra. A questão era: a que custo? A violência poderia ser um efeito colateral do livre-arbítrio. Os Assassinos acreditam que o livre-arbítrio é essencial para a natureza humana. Nós ainda seríamos humanos sem ele? O filme coloca os espectadores no meio desse debate.

Realmente, todo o *ethos* de *Assassin's Creed* está ancorado em uma contradição: os membros dessa sociedade secreta dedicada à paz e à liberdade são matadores por profissão. Eles são individualistas ligados por uma tradição.

PÁGINAS ANTERIORES: *Michael Fassbender e Jeremy Irons no set em Londres; Michael Fassbender e um dublê como Callum e Aguilar.*

ANTERIOR: *As ações de Aguilar (um personagem geralmente silencioso) falam por si quanto a seu caráter e seus ideais.*

ACIMA: *Os grafites e esboços na cela de Callum contêm iconografias ocultas, incluindo uma cruz Templária na parede à direita.*

A Ubisoft estava determinada em manter sua liberdade dentro do sistema de estúdios. Embora eles precisassem de um estúdio para ajudar a materializar, a comercializar e a distribuir seu filme mundo afora, eles queriam manter o controle criativo. Eles apresentaram um pacote com o roteiro, o orçamento, o diretor e os atores principais para a New Regency (produtora de diversos títulos, tais como *Clube da Luta*, *O Regresso* e *12 Anos de Escravidão*).

Assassin's Creed já era um projeto cobiçado em Hollywood, e a Ubisoft tinha vários pretendentes. Em outubro de 2012, eles anunciaram que seu filme seria uma produção em parceria com a New Regency e distribuição da 20th Century Fox. Com Fassbender protagonizando duplamente, mais um roteiro de estrutura intrincada e um estúdio de renome, a produção do filme estava destinada a ser uma jornada de proporções épicas.

JOGOS E FILMES

UM JOGADOR PODE LEVAR entre 60 e 100 horas para finalizar um jogo de *Assassin's Creed*. O filme só pode levar entre duas e três horas para contar sua história. Desse modo, o filme e o game são experiências muito diferentes. No game, o jogador é o ator de uma história interativa, em vez de ser apenas o espectador.

Todavia, era importante que o filme não fosse completamente distinto da experiência que os jogos e os fãs construíram ao longo dos anos. Era preciso fazer com que os fãs percebessem que foram levados em conta na elaboração do filme. Havia certas "regras" que não poderiam ser quebradas. Por exemplo, o passado não poderia ser alterado — Callum pode apenas observar as ações de Aguilar; ele não pode modificá-las. Todas as complexidades da viagem no tempo apresentadas nos filmes de ficção científica não se aplicam a *Assassin's Creed*. As pessoas vivem e morrem como manda a história.

ABAIXO: *Ilustração mostra Granada devastada no início do ataque da Inquisição.*

De fato, e acima de tudo, tanto o filme quanto o game compartilhariam a mesma dedicação para recriar um período histórico tão precisamente quanto possível, incluindo o tecido usado para as roupas, os mosaicos no piso de uma igreja e a geografia intrincada das ruas de uma cidade.

Caroline Sol, Chefe dos Serviços de Conteúdo Criativo da Ubisoft, foi responsável por manter a veracidade histórica e científica nos games e, agora, no filme. Ela se lançou não somente na pesquisa de equipamentos e acessórios da Inquisição, mas também em tópicos científicos como a memória de DNA. "Eu realmente tinha de descobrir informações sobre coisas que ainda não existem", diz ela.

Se história e ciência eram tratadas com o máximo de respeito, o mesmo deveria ser feito com os princípios do jogo. Sol teve a incumbência de compilar bíblias de informações sobre cada jogo para entregar ao diretor e a cada um de seus chefes de departamento.

"Foi necessário reunir tudo que tínhamos no universo de *Assassin's Creed*." Isso envolvia procurar por ilustrações feitas anos atrás. "Eu tinha 400 inspiradoras páginas de imagens: trajes, adereços, armas..."

Então, embora o jogo e o filme sejam diferentes, eles compartilham alguns dos mesmos elementos. O enredo do filme, apresentando os Assassinos e Templários, a revelação das razões de seus conflitos, a missão de encontrar e proteger o artefato e a tensão acerca de um herói dos dias contemporâneos se deixar seduzir pelos Templários, envolve muitos dos mesmos temas do primeiro jogo de *Assassin's Creed*.

Azaïzia explica quão importante é não sobrecarregar o recém-chegado a esse universo: "Você é lançado em um universo. Você não conhece as regras. Você não sabe o que está acontecendo. E você verá os eventos através dos olhos do herói principal."

ACIMA: *Maria não se deixa capturar na casa de um nobre.*

PÁGINA OPOSTA: *Ilustração inicial da Maçã do Éden.*

Mesmo assim, como ainda veremos, o filme também foi recheado de *Easter Eggs*, de referências e de símbolos para os fãs inveterados de *Assassin's Creed*. Há segredos escondidos nas paredes mostradas em certas cenas que, para serem decifrados, vão ocupar horas de *pausas* e *plays* no *blu-ray*.

Quanto às habilidades do Assassino, os produtores quiseram imitar as animações dos personagens do jogo, podendo os fãs reconhecer os movimentos marcantes da série. Uma atenção especial foi dada ao Salto de Fé, o gracioso mergulho executado de uma altura assustadora que se transformou na icônica imagem da franquia.

"Nós tratamos os fãs como heróis", diz De Rivieres. Havia um diálogo em curso nas mídias sociais, como se fosse um teste para suas novas ideias. Também, por meio de Azaïzia, houve uma série de *brainstorms* com os desenvolvedores do jogo da Ubisoft. De acordo com De Rivieres: "Durante todo o processo, buscou-se manter uma clara ligação entre a marca e o filme."

Muito sutilmente, o filme abraçou a mitologia misteriosa do universo do jogo, a qual propõe a existência de uma antiga raça alienígena que criou a humanidade à sua imagem. Embora nunca mencionado de forma direta, seu trabalho está, sem dúvidas, presente no filme. A "Primeira Civilização" detinha uma tecnologia fantástica e complexa. Parte de seus artefatos poderosos continua na Terra e é conhecida como as Peças do Éden. Os Templários estão determinados em colocar suas mãos em todos os artefatos, uma vez que cada um possui enormes propriedades científicas e tecnológicas.

O DIRETOR PERFEITO

APESAR DE HAVER BASTANTE INTERESSE em muitos diretores, a UMP desejava escolher um diretor independente que pudesse trazer algo pessoal para o filme. Fassbender sugeriu Justin Kurzel.

Quando recomendou o diretor para *Assassin's Creed*, Fassbender estava filmando *Macbeth* na Ilha "castigada pelo vento" de Skye, na Escócia, e nos ermos ingleses de Nortúmbria sob a direção de Justin.

"Há uma sensibilidade muito visceral no modo como ele filma. Então, imaginei que isso combinaria com o jogo", explica Fassbender. *Macbeth* foi uma grande experiência para ambos: o ator e o diretor encontraram grande afinidade entre si. Fassbender percebeu que Justin era um diretor em busca de uma verdade dentro do material; uma busca involuntária, quase instintiva. Nascido em Gawler, na Austrália Meridional, Kurzel é um ex-cenógrafo de teatro que começou sua carreira de diretor com o formidável *Os Crimes de Snowtown*, filme livremente baseado na vida real do *serial killer* John Bunting, que atacou nos subúrbios de Adelaide aqueles que considerava sexualmente depravados. Por ter crescido perto desses horríveis assassinatos, essa era uma história que Kurzel conhecia bem, e sua impressionante versão dos eventos conquistou críticas bastante entusiasmadas, tornando-se um sucesso *cult*. Fassbender adorou o filme e conversou com o diretor sobre revisitar *Macbeth*. Sem temer trabalhar com estrelas do calibre de Fassbender e de Marion Cotillard, que fez o papel de Lady Macbeth, Kurzel vislumbrou o grande potencial em uma nova adaptação de Shakespeare.

Ambos os filmes de Kurzel possuem extraordinário poder visual. *Macbeth*, especialmente, causa deleite com a autêntica recriação da Escócia de 1057 — um mundo violento de feudos rivais, onde a religião e o sobrenatural entram em disputa pela supremacia.

NESTAS PÁGINAS: *Justin Kurzel com Michael Fassbender e Marion Cotillard.*

Não demorou muito até a UMP se reunir com Kurzel para discutir o filme. O diretor apresentou sua visão rápida e claramente e deu detalhes sobre o roteiro. Eles realmente gostaram do que Kurzel tinha a dizer. A equipe de filmagem rapidamente percebeu que Kurzel seria o diretor ideal, por conta de seus valores e seu estilo independente.

"Amamos o que vimos, o que escutamos e adoramos sua paixão, seu estilo e sua eloquência", diz De Rivieres. "Ele se orienta pelo personagem."

Mesmo assim, por nunca ter sido testado em um filme dessa escala, Kurzel era outro Salto de Fé.

O diretor se lembra do exato momento em que Fassbender contou-lhe sobre o projeto: "Eu estava, literalmente, na metade da edição de *Macbeth* e Michael disse: 'há este filme sobre alguém que descobre a si próprio pela memória de seu ancestral.' Eu achei aquilo muito intrigante. Michael disse: 'É inspirado em *Assassin's Creed*.'"

Kurzel admite que sua experiência com jogos se limitava a sua adolescência, época em que tentou alcançar a pontuação máxima de *Double Dragon* em um shopping. No entanto, a visita à sede da Ubisoft em Paris e a descoberta do esforço e da paixão investidos em cada jogo, além de toda a cultura em torno de *Assassin's Creed*, despertaram seu interesse. "Havia uma narrativa e uma visão", ele diz. "Aquilo tinha um propósito, além do mero entretenimento."

O orçamento era muito maior que qualquer outro com que ele já havia trabalhado, mas, como um sinal de sua determinação em trazer sua própria assinatura para o trabalho, ele fez pressão para levar seu diretor de fotografia em *Macbeth*, Adam Arkapaw.

Fassbender concordou: "A participação de Adam era importante porque eles se comunicam de forma simples. Isso nos coloca em uma boa posição. Nós realmente queríamos realçar o visual de dois mundos: a crueza do presente e a riqueza da regressão."

Assim que Kurzel e Arkapaw foram contratados, eles começaram a retrabalhar o roteiro ainda mais uma vez, investindo na visão do diretor.

"Era necessária uma jornada central em termos de quem seria o protagonista", diz Kurzel. "O desafio de *Assassin's Creed* decorre de seu conceito muito complexo — a ideia de um personagem moderno que entra em uma máquina chamada *Animus* para levá-lo ao passado. Mas não é apenas uma máquina de viagem no tempo; é uma máquina de viagem na memória. São dois períodos de tempo distintos, e um mesmo ator fazendo dois personagens diferentes."

A chave era criar um sólido enredo central em termos de quem seria o personagem principal e de resolver a história até o final do filme. Kurzel percebeu que aquilo era, na verdade, uma história sobre origens.

"É a história de um homem que descobre a si mesmo através das experiências daqueles que vieram antes dele", Kurzel explica. "Isso era uma parte integral e dinâmica do conceito de *Assassin's Creed*, que, assim acredito, o torna maior que um jogo. É um fantástico ponto de partida para escrever um filme."

ACIMA: *No set da Prisão Estadual de Huntsville.*

PÁGINA OPOSTA: *O mestre dublê Ben Cooke demonstra a técnica para Maria saltar do telhado.*

Logo depois, veio a importante entrada do desenhista de produção Andy Nicholson. Veterano de projetos tão diversos quanto *Sleepy Hollow – A Lenda do Cavaleiro Sem Cabeça* e *Gravidade*, Nicholson traz uma exatidão científica para seus filmes. Ele utiliza técnicas de modelagem em 3D, visando extrair uma realidade funcional de cada mundo que ele cria, não importa quão bizarro (*A Fantástica Fábrica de Chocolate*) ou distante no tempo (*Troia*) ele seja. Andy Nicholson ficou entusiasmado pela dualidade que *Assassin's Creed* oferecia: o sabor futurista da Abstergo e o extravagante detalhe histórico da era da Inquisição Espanhola.

"A receptividade da Ubisoft foi uma das coisas mais legais na produção desse filme. Eles permitiram que explorássemos nossas ideias sobre como traduzir a atmosfera de um jogo em um filme", ele diz. "Há coisas fundamentais para o funcionamento do jogo. Assim, foi preciso refiná-las, testá-las e improvisar para conseguirmos fazer um filme melhor."

Para construir o mundo do filme de acordo com sua visão, Kurzel e Nicholson concordaram em evitar, a todo custo, a dependência das imagens geradas por computador (CGI). Eles utilizaram efeitos especiais para abrilhantar a construção, não para substituí-la.

Em outras palavras, se a cena fosse humanamente possível, eles a fariam de verdade.

Para Kurzel, era simplesmente uma questão de como fazer o *gameplay* parecer com uma experiência cinematográfica. O que aconteceria se você desse um Salto de Fé verdadeiro? E se você realmente visse Assassinos pulando de edifício em edifício?

Segundo Kurzel: "A grande coisa sobre o cinema é que você consegue trazer o elemento humano para ele. A plateia reage ao ver seres humanos de verdade esforçando-se e correndo riscos nas coisas que fazem. Então, era sobre celebrar o que é humanamente possível de ser realizado. Nunca tive a intenção de fazer um filme semelhante aos de super-heróis. Eu queria que as pessoas, ao assistir ao filme, pensassem: 'Nossa! Há pessoas de carne e osso fazendo isso. Parecem atletas olímpicos.'"

Havia, é claro, limites para os efeitos práticos. A Granada e a Sevilha do século XV, há bastante tempo, haviam sido entregues à história. Em termos de fundos de projeção estendidos e detalhes específicos, os computadores recriariam a agitada expansão da velha Espanha. Algumas cenas eram muito arriscadas para o elenco e os dublês, e seria necessário remover toda a parafernália de filmagem, como fios e guindastes. O *Animus*, em todo seu exótico detalhamento, foi muito dependente dos efeitos de computador.

Ainda assim, o mestre dublê Ben Cooke estima que o filme é 80% real e 20% digital.

"Existe um risco em filmes concebidos dentro de uma caixa, com cenas rodadas em um estacionamento, cheio de telas verdes", diz Kurzel. "Você consegue perceber a trucagem. Ter aquele senso de perigo e de realismo traz oxigênio para *Assassin's Creed*."

Com um diretor no comando, e sendo esse seu primeiro longa-metragem, o time da Ubisoft Motion Pictures concordou que seria benéfico a todos trazer um colega produtor com experiência nesse tipo de cinema. Frank Marshall esteve envolvido em alguns dos mais bem-sucedidos e amados filmes já feitos: *Os Caçadores da Arca Perdida*, *De Volta Para o Futuro*, *A Trilogia Bourne* e, recentemente, *Jurassic World: O Mundo dos Dinossauros*. Ele era um representante do tipo de filme que eles almejavam fazer.

"Nós e Frank Marshall estivemos em perfeita sintonia", diz De Rivieres. "Ele contribuiu muito para o projeto. Esteve no Reino Unido durante toda a filmagem. Era a voz da sabedoria no estúdio."

Sem qualquer experiência com videogames, Marshall fica contente em imaginar-se como um representante da plateia comum do cinema. "É importante que os dois mundos se unam", ele diz, referindo-se aos fãs e aos não iniciados. "É uma história complicada e interessante. Você tem que estabelecer as regras do jogo. O segredo é como você faz isso."

Marshall define seu papel como o responsável por lidar com toda a logística da preparação, orçamento, locação e ser o intermediário com o estúdio, para que Kurzel e sua equipe pudessem seguir com a produção do filme. De acordo com Marshall, era seu trabalho "manter o andamento do filme". Agendamentos, clima e a logística de mover essa grande produção em torno de Malta e Espanha foram resultados do planejamento de Marshall. "Eu tinha que olhar o *show* de cima com grande atenção", ele diz. Quando na locação, eles muitas vezes tinham apenas um dia ou dois em um movimentado mercado ou no telhado de alguma igreja, e era Marshall quem tinha que garantir que eles ainda teriam o espaço para filmar a cena.

ANTERIOR: *O dublê Damian Walters filmando uma das cenas de* parkour.

SUPERIOR, À ESQUERDA: *Uma versão aproximada do Salto de Fé filmado no estúdio.*

SUPERIOR, À DIREITA: *Quando Callum está no* Animus, *ele imita os movimentos de Aguilar no passado. O braço do* Animus *e a remoção das paredes de madeira foram feitos posteriormente com a ajuda de efeitos visuais.*

REUNINDO O ELENCO

COM KURZEL E SUA EQUIPE DE CONFIANÇA em posição, eles começaram a completar o elenco. Houve grande entusiasmo em ter Marion Cotillard, a companheira de Fassbender em *Macbeth*, como Sofia, a cientista-chefe na Abstergo e um dos personagens mais moralmente complexos do filme. "Eu ouvi falar do filme antes de eles me proporem um papel nele", diz a estrela francesa cujos trabalhos variam entre sua performance vencedora do Oscar em *Piaf - Um Hino ao Amor* e filmes como *Batman: O Cavaleiro das Trevas Ressurge* e *A Origem*. "Eles realizaram encontros para escrever o roteiro no sudoeste da França, bem perto de minha casa. Então, eu sabia que estavam escrevendo este filme. Em seguida, perguntaram-me se eu gostaria de participar."

Ela nunca jogou o game (esse ou qualquer outro), mas ficou realmente impressionada com o roteiro. "Era, de fato, uma reflexão sobre a origem da violência. Além disso, eu amei trabalhar com Justin e Michael e foi muito empolgante juntar-me a eles novamente para um projeto de natureza tão distinta."

Para o papel de Rikkin, chefe dos Templários e vilão proclamado do filme, eles chamaram o eloquente e enérgico ator britânico Jeremy Irons. Após uma extensa procura, a atriz francesa Ariane Labed foi escolhida para o papel de Maria, uma colega Assassina próxima a Aguilar. Brendan Gleeson faria o papel de Joseph, o pai de Callum, o resquício de um homem após repetidas sessões no *Animus*.

Justin Kurzel explica sua filosofia sobre o elenco: "Como em todos os meus filmes, procuro sempre chamar atores de quem gosto." Era basicamente encontrar as pessoas que melhor se encaixavam nos personagens. Ele admite: "Uma boa parte disso era puro instinto. Aqueles que eu considerava ótimos e com quem gostaria de trabalhar."

Com a equipe reunida, a produção de *Assassin's Creed* começou em 27 de agosto de 2015, uma filmagem épica que se estenderia até as primeiras semanas de 2016.

PÁGINA OPOSTA: *Uma pose icônica de Maria.*

TOPO: *Marion Cotillard filmando uma cena em Londres.*

ACIMA: *As escolhas de Callum ao longo do filme redefinem seu passado e seu futuro.*

CAPÍTULO 2

ABSTERGO

APRESENTANDO CALLUM

A HISTÓRIA DE CALLUM COMEÇA NO PASSADO, com um grito de águia e uma vista de cima do deserto. Entretanto, não estamos na Espanha de 1491, mas sim em Novo México (EUA), no ano de 1988.

O prólogo no Novo México, filmado em Almeria, na costa da Espanha, por questões práticas, põe em movimento uma trama vital e o desenvolvimento de personagens que evoluirão ao longo do filme. Callum, com 12 anos (interpretado por Angus Brown), volta para casa e descobre que seu pai matou sua mãe.

Corta para: corredor da morte. Dias atuais. Callum, já adulto, matou um homem e está agora esperando o momento de sua execução. Ele presenciou algo incrivelmente apavorante quando jovem, e isso o encheu de raiva quando adulto — um insuportável senso de injustiça. Ele é controlado pela violência e não confia em ninguém.

Fassbender descreve: "Callum é muito deslocado da sociedade e não pertence a nenhuma família como a conhecemos. Ela fora tirada dele. Ele esteve preso, de uma forma ou outra, durante toda a sua vida. Seja em institutos de jovens infratores, seja na prisão. Ele é espiritualmente vazio."

Na perspectiva de Justin Kurzel, o personagem Callum cresceu com uma violência internalizada, mas sem ter ideia de sua origem. De certa forma, como Callum diz no filme, ela o protege. A única coisa que o impulsiona é poder se defender. "Achei isso muito interessante", diz o diretor. "Callum consegue focalizar seus instintos para um determinado tipo de ordem apenas quando se torna ciente de que ele faz parte do Credo, e que este, por sua vez, é bastante violento."

O contraste entre Callum e Aguilar, seu antepassado Assassino, é delineado. Callum fala demais; Aguilar é um homem de poucas palavras. Callum não tem um motivo para viver; Aguilar é casado com seu dever. Callum ainda está para descobrir o propósito de sua vida; Aguilar abraçou sua herança.

À ESQUERDA: *Callum passou boa parte da sua vida no confinamento, em contraste com a ênfase na liberdade dos Assassinos.*

TOPO: *As ilustrações de Callum revelam as trevas de sua mente e sugerem sua ancestralidade.*

"Quando pequeno, Callum viu algo que nenhuma criança deveria ver", diz Fassbender. "Por conta disso, Callum é guiado pela violência, enquanto Aguilar tem um propósito maior." No desenvolvimento do roteiro, boa parte da energia de Fassbender foi usada para descobrir qual a relação entre os dois personagens, já que o ponto crucial do filme está no que Callum — e a plateia — descobre que eles têm em comum.

"Bem, eles muito se parecem", Fassbender brinca. "Apesar de Aguilar ter uma barba... Mas falando sério, ambos são teimosos e compartilham um senso de lealdade, embora Callum, como disse, não pertença a coisa alguma. Mas quando ele se compromete com alguém, ou alguma coisa, ele é ferozmente leal."

Como Jean de Rivieres defende, isso é que torna o projeto "muito, muito humano". Callum está numa jornada para recuperar sua humanidade. Passo a passo, ele começa a sentir esperança. Todavia, seu destino ainda está encoberto por violência. É esse tipo de complexidade moral que torna nossa produção algo muito maior do que um filme de ação.

"Você entende pelo o que está passando o personagem de Michael", diz Frank Marshall, "e como, por outro lado, ele sairá uma pessoa diferente."

Visualmente, há analogias interessantes entre o equipamento de injeção letal, com seus frascos de venenos e braços injetores, e o *Animus* biomecânico que está por vir. A decoradora de set Tina Jones baseou-se no equipamento que está atualmente em uso nos Estados Unidos (apesar de não haver mais pena de morte no Novo México), com algumas mudanças estilísticas. "Eu não acho que a mesa forme uma cruz na realidade", ela admite, referindo-se ao fato de que, quando Callum é amarrado, seus braços ficam estendidos em um formato de crucifixo. Isso não apenas reverencia a cruz Templária, mas também alude a uma jornada de morte e ressurreição, como a de Cristo.

ACIMA: *No começo, Callum é leal apenas a si mesmo, mas, no desenrolar da história, ele encontra uma nova identidade e um novo propósito.*

ABAIXO: *Kurzel e Fassbender no cenário da prisão.*

PÁGINA OPOSTA: *Aguilar é habilidoso com várias armas.*

POR DENTRO DA ABSTERGO

NO FILME, AS PARTES QUE SE PASSAM NOS DIAS ATUAIS são dominadas pelo quartel-general futurístico da Abstergo, uma instalação de pesquisa que faz parte de um dos maiores conglomerados multinacionais do mundo. "Noventa por cento do jogo ocorre no passado", diz Marshall. No entanto, entre 40 e 50 páginas do roteiro de 150 páginas transcorrem na Abstergo. Essa ênfase exigia que a companhia fosse descrita muito mais detalhadamente que antes. Uma mistura de prisão e hospital psiquiátrico, o misterioso complexo tinha um propósito muito mais sombrio que apenas fazer pesquisa científica.

A Ubisoft providenciou uma história bastante detalhada da corporação. Fundada há quase 80 anos, ela é basicamente uma fachada dos Templários. Mas a maioria da sua força de trabalho desconhece a identidade secreta da corporação. "Nós explicamos na história do jogo que a Abstergo tem divisões separadas", diz

Aymar Azaïzia. "Uma delas fabrica produtos farmacêuticos. Há também pesquisa e desenvolvimento, bem como uma divisão histórica. E uma companhia de videogames como a Ubisoft, é claro!"

Além disso, os Templários não são necessariamente maus. Eles empreendem esforços para melhorar a humanidade. Por meio de seu trabalho com base no DNA, eles estão empenhados em encontrar cura para o câncer, para as doenças autoimunes e para a AIDS. De acordo com sua filosofia, a ordem e a disciplina levarão a humanidade à verdadeira paz. "Ao mesmo tempo, se eles encontrarem uma forma de se tornarem mais fortes e se livrarem dos Assassinos, eles também o farão", diz Azaïzia.

Nesse enclave particular da Abstergo, os interesses dos Templários estão nessa última categoria. Experimentos complexos são feitos longe de olhares curiosos. É um lugar frio.

ACIMA: *Visão aérea da instalação da Abstergo.*

PÁGINA OPOSTA, INFERIOR: *A equipe preparando a sala comunal da Abstergo para as filmagens.*

ACIMA, À ESQUERDA: *Ilustração mostra Callum fugindo pelo corredor principal.*

ACIMA, À DIREITA: *Renderização da entrada, exibindo o padrão de iluminação criado pela estrutura em forma de colmeia no teto.*

À ESQUERDA: *Guardas da Abstergo entrando em posição para deter a rebelião dos pacientes.*

TOPO, À ESQUERDA: *As paredes de pedra na imagem superior do corredor principal representam o lado de fora da câmara do* Animus. *O corredor para a esquerda leva à cela de Callum.*

TOPO, À DIREITA: *A entrada principal cria um circuito redondo, com mais de 90 metros de extensão.*

Virginie Bourdin, diretora de arte, explica: "Quando Justin comentou a respeito da Abstergo, ele falou em termos de um museu austero, mas com um estilo elegante. Mas ela também era estéril e desconfortável, mais parecida com uma prisão. Não há escapatória."

Em termos de sua arquitetura básica, Kurzel e Nicholson sentiram que era importante que a Abstergo ainda carregasse a "arquitetura construtivista e brutalista" imaginada para o jogo, até o mesmo logo triangular tripartido. Dias após ter aceitado o projeto, a Ubisoft Motion Pictures deu a Nicholson uma visita guiada ao estúdio da Ubisoft em Montreal, na qual apresentou-o aos designers de games, dando a ele uma chance de entender os fundamentos do universo de *Assassin's Creed*.

"Entre encontrar o Justin, conseguir o emprego e visitar a Ubisoft, eu assisti a clipes do jogo no YouTube." Nicholson exala um ar de *expertise*: um homem que literalmente pensou sobre cada centímetro do filme. "Você consegue um *insight* muito bom sobre o que os *gamers* gostam no jogo. E isso é algo para nunca esquecer."

O que ele levou da visita à Ubisoft e de seus próprios estudos foi como, onde quer que você estivesse no jogo, sempre havia uma rota de fuga. Então, era importante ter essa verticalidade incorporada nos sets. "Havia espaços de pé direito duplo em alguns dos maiores sets da Abstergo. Você tinha uma sensação de espaço ao redor deles, já que o game era dessa forma." Ter os sets subindo acima dos atores chamaria a atenção do espectador para cima e para quaisquer rotas de fuga ainda não exploradas.

Nicholson desenvolveu um processo de design em três estágios para todos os níveis do filme, incluindo passado e presente. Primeiramente, painéis semânticos foram criados não somente a partir de seus próprios estudos, mas também a partir de inúmeras pesquisas realizadas por todos os departamentos, incluindo as detalhadas descobertas históricas feitas pela Ubisoft Motion Pictures.

Então, na discussão com Kurzel, ele fez esboços para cada cenário principal e seus objetos de cena, e, dependendo das exigências técnicas, eles decidiram qual departamento — direção de arte, decoração de set, o time de artistas conceituais ou de efeitos visuais — seria responsável por cada elemento.

Nicholson, então, renderizou os designs de cenários em um software 3D, um instrumento típico dentre os recursos de um cineasta moderno. "É muito mais eficiente que designs a lápis. Fazer modelos em papelão é bom para reuniões, mas se você realmente quiser mostrar a um diretor a aparência de um set, é melhor usar 3D." Esse foi especialmente o caso dos espaços e das formas incomuns da Abstergo. O computador conseguia imitar o tipo exato de lentes de câmeras que Kurzel usaria, de modo que o diretor pôde ter uma perspectiva imediata de como seria o visual do filme seis meses antes de ser filmado. Isso deu-lhe a oportunidade de testar diferentes configurações de luzes e de ângulos de câmera, de manipular o espaço sem o custo de construção de cenários.

Tina Jones fala sobre o seu set mais complexo: "Sobre a Abstergo, Andy tinha uma ideia bem clara de como seria." Olhando para o filme como um todo, a Abstergo incorporava a abordagem de Nicholson, calcada em um aspecto limpo e angular, enquanto o passado orgânico e desordenado simbolizava os gostos de Kurzel.

"O passado é muito mais arcaico; é quente, acolhedor e carnal, tem textura e caráter", diz o diretor, resumindo a dicotomia visual do filme. "Em contrapartida, a Abstergo é muito mais arquitetural. Há definitivamente um tipo de estilo clássico nela." Fassbender, por sua vez, apreciou as diferenças nas forças criativas do filme. "Isso é meio o que você quer, não é?", ele diz. "Aquela atração dos opostos que acabam se unindo para maior eficácia."

"Nós estávamos trabalhando em torno da estética que a história precisava", diz Nicholson. A Abstergo é a personificação do *ethos* Templário. Então, Nicholson absorveu as características angulares do estilo radical desconstrucionista (um tipo de "fragmentação" dos formatos-padrão). A predominância de vidro e de concreto e a geometria angular combinam com a filosofia Templária, a qual Kurzel descreve como um "controle benigno". Podemos entender os Templários e sua filosofia por meio de sua enorme e estéril sede corporativa.

"Para mim, o desejo dos Templários de controlar a liberdade torna a Abstergo um lugar bastante claustrofóbico. Foi essa sensação que busquei recriar em todo o espaço." Nicholson descreve um labirinto de salas que se conectam a um corredor central, como uma espinha dorsal que segue por todo o edifício. A única luz disponível entra por janelas tão altas que uma pessoa paciente jamais teria esperança de alcançá-las. "Até no corredor, que tem mais de 90 metros de extensão, é difícil ver onde termina. Há sempre outra série de paredes a seguir. Você pode correr quanto quiser, mas nunca irá encontrar uma saída."

PÁGINAS ANTERIORES: *Conceitos do jardim da sala comunal e da sala de vigilância.*

ACIMA: *Apesar de ser um ambiente estéril, a cela de cada paciente indica alguns traços de sua personalidade.*

PÁGINA ANTERIOR, À ESQUERDA: *A capacidade de Callum em desafiar os guardas aumenta à medida que ele experimenta mais das habilidades de Aguilar.*

INFERIOR, À DIREITA: *A entrada conduz às celas dos pacientes.*

À DIREITA: *Callum luta contra o efeito de sangramento.*

APRESENTANDO SOFIA

CALLUM ACORDA APÓS SUA FRACASSADA EXECUÇÃO e é saudado pelo rosto encantador de Sofia, interpretada por Marion Cotillard. Sofia imediatamente oferece a ele uma segunda chance em uma nova vida como cobaia para os Templários, os quais têm um grande interesse por seu DNA.

Kurzel estava ansioso por trabalhar novamente com sua coestrela de *Macbeth*, porque Cotillard elevaria o personagem de Sofia. "Eu pensei que ela traria uma sofisticação natural", ele diz, "e, em certo sentido, ajudaria a elevar a Abstergo e o que esta significava."

Assim como Callum é muito complexo para ser classificado como um genuíno herói, Sofia não é, em hipótese alguma, uma vilã. Responsável pelo programa *Animus*, ela é uma cientista brilhante com nobres intenções. Cotillard explica: "Ela tem fé na ciência. Ela realmente pensa que a ciência pode ajudar os humanos a se tornarem melhores. Sofia acredita que encontrará uma cura para a violência. É isso que a motiva."

Apesar de trabalhar sob a égide dos Templários, Sofia não é exatamente seduzida pela filosofia deles. Ela de fato acredita que conseguirá erradicar a violência e odeia a guerra entre Assassinos e Templários.

De Rivieres se recorda de estar na *première* de *Macbeth* e dizer a Cotillard: "Deve ser estranho sair de uma adaptação de Shakespeare para entrar em uma adaptação de videogame." Mas a resposta de Cotillard foi séria: "Você não tem ideia do quanto adoro o mundo e os temas de *Assassin's Creed*."

A teoria de Sofia propõe que o livre-arbítrio contém, em suas próprias raízes, as causas da violência. Ao alterar, ou até mesmo remover, o gene responsável pelo livre-arbítrio, ela pode potencialmente erradicar a guerra. Sofia preencheu a Abstergo com cientistas de opiniões semelhantes, voltados para o mesmo objetivo. Ainda assim, ela quis ignorar o fato de as paredes da Abstergo serem cobertas dos fantasmas das vítimas de experimentos passados. "O lugar inteiro é um paradoxo", diz Cotillard.

Como as cenas da Abstergo foram totalmente rodadas em Londres, a atriz francesa começou a filmar somente após o segundo mês de produção. Mas logo que chegou, Kurzel mostrou-lhe cinco minutos de sequências da Inquisição para lhe dar uma ideia do que havia para além do *Animus*.

TOPO, À ESQUERDA: *Cotillard e Kurzel na cela de Callum.*

ACIMA: *Embora seja, de certo modo, sua carcereira, Sofia deseja que Callum trabalhe voluntariamente trabalhe com ela.*

PÁGINA OPOSTA, INFERIOR: *Renderizações da sala de recuperação, onde os pacientes se recuperam após passar um tempo no* Animus.

Ela ficou espantada. "Era realmente espetacular. Justin estava tão comprometido quanto esteve durante as filmagens de *Macbeth*, em uma escala bem diferente."

Através da regressão de Callum no *Animus*, Sofia e os Templários finalmente esperam descobrir o paradeiro de um poderoso artefato conhecido como a Maçã do Éden. A Maçã contém um mapa virtual que aponta a localização exata de cada traço no genoma humano.

A interação entre Sofia e Callum forma o relacionamento central do filme. Cada um vai transformar o outro. "Com ele, de repente tudo torna-se possível", Cotillard diz avidamente. "Ela é fascinada por ter encontrado a pessoa certa e também pelo ser humano que ele é. Em sua cabeça, ela imaginou que ele seria uma pessoa mais binária, se isso fizer algum sentido. Sofia descobre que Callum não é apenas um matador violento no corredor da morte. Sua alma é mais repleta de luz que de escuridão."

Tamanha complexidade foi o que impressionou Cotillard a respeito do material. Callum planta uma ideia na mente de Sofia, esse sentimento incômodo de que ela está esquecendo algo. "Ela é uma pessoa muito, muito sensível", Cotillard diz, insistindo que Sofia é muito mais que o clichê do intelectual sem coração. Há mesmo uma atração por Callum. "No começo, ela vê Callum como um rato de laboratório, mas ele a fascina. É como uma atração distorcida; funciona em muitos níveis. Sofia é uma pessoa muito solitária: ela não tem outra vida além de sua missão científica. Então, é muito perturbador estar perto desse animal tão humano e lindo."

O Chefe Executivo da Abstergo é Alan Rikkin, interpretado por Jeremy Irons, Templário sênior e pai de Sofia. Enquanto o antagonista principal no filme é uma figura familiar dos games, Rikkin personifica um pouco da ambiguidade moral do filme. "Ele genuinamente acredita que a sociedade poderia ser muito melhor se liderada e inspirada por grandes mentes", diz Kurzel. "Ele concorda com o controle, em fazer a humanidade evoluir mais rapidamente. Então, há alguns aspectos de sua personalidade que são admiráveis, mas, essencialmente, ele é implacável em sua crença singular."

PÁGINA ANTERIOR, TOPO: *Um escudo templário na coleção de Rikkin.*

PÁGINA ANTERIOR, EMBAIXO: *As ambições de Sofia como cientista a colocam em um interessante meio-termo entre uma vilã e uma heroína.*

ACIMA: *O escritório de Rikkin contém muitos tesouros ocultos de toda a história.*

ABAIXO: *O relacionamento entre Sofia e seu pai é cortês, não sendo particularmente afetuoso.*

PRÓXIMAS PÁGINAS: *Pinturas de cruzados na sala de conferências da Abstergo.*

Significativamente, o escritório de Rikkin é a única sala da Abstergo com uma vista. Ele é o único personagem do filme com seu próprio espaço privado, fato que deu a Nicholson a chance de representar um personagem por meio de um espaço físico e de se aprofundar na mentalidade Templária.

"Sua sala é cheia de troféus que ele coleciona", diz Nicholson. "Isso mostra poder, conquista e um desejo excessivo por colecionar vitórias. Isso diz muito sobre a permanência histórica da Ordem — há quanto tempo eles estão por aí. Também indica que a procura pelas Peças do Éden é algo que eles vêm empreendendo há muitos anos. E diz muito sobre Rikkin que, sendo o cabeça disso, usa todo o poder que tem para alcançar seus objetivos."

O escritório de Rikkin é um surpreendente antiquário contendo as histórias dos Templários e dos Assassinos. Os mostruários de vidro estão cheios de itens que os fãs reconhecerão como pertencentes aos jogos. Móbiles de ossos referenciam as cenas iniciais no Novo México. Jones orgulha-se especialmente da mesa de Rikkin, feita como um tabuleiro, de carvalho americano tingido em diferentes cores para sugerir o tema do xadrez — dois lados engajados em um jogo eterno.

Rikkin é também o pai de Sofia, uma relação conturbada que dá outra sugestão à ideia de herança genética. Quanto Sofia é compelida a gostar de seu pai? Cotillard e Kurzel adoraram a ideia de que Sofia idolatra seu pai, mas não passou muito tempo com ele quando jovem. "Ela provavelmente escolheu ser uma cientista para encontrar a conexão que lhe permitiria estar mais perto dele", Cotillard teoriza. "Mas seu desejo de se reconectar a seu pai a torna completamente cega."

Perguntada sobre como o resumiria, Cotillard descreve Rikkin como "um guerreiro, um guerreiro *frio*."

EASTER EGGS

"A Abstergo está recheada de recordações nos mostruários de vidro, e esses objetos vêm da história de *Assassin's Creed*", diz Aymar Azaïzia, Diretor de Conteúdo de Marca. "Um deles é o arco e flecha usado por Connor em *Assassin's Creed III*. É provável que você nem perceba, mas é um exemplo do nível intenso de detalhamento do filme."

Como um sinal para os fãs, o diretor Justin Kurzel e seus colegas produtores não resistiram à oportunidade de dar ao filme referências específicas ao jogo. Afinal, tais *Easter Eggs* são uma característica popular de *Assassin's Creed*.

Kurzel confessa que ele nem sabia o que eram *Easter Eggs* antes do filme. Não que isso importasse — muitas das referências que alegrariam os fãs já haviam sido colocadas na história. "Então, estou bastante feliz que um monte dessas coisas não pareça planejada", ele diz. "Não parece que elas foram dispostas ali para formar uma espécie de caça ao tesouro. Elas foram colocadas para atender à história."

O desenhista de produção Andy Nicholson explica que seus *Easter Eggs* operam em dois níveis: referências mais diretas e outras mais indiretas. As referências mais sutis precisarão de muita atenção para serem descobertas.

As referências mais diretas incluem itens como as armas dos Assassinos e as Peças do Éden, frequentemente guardadas em armários de vidro na Câmara do *Animus* e no escritório de Rikkin.

"Seriam coisas que os Templários pegaram dos Assassinos durante os séculos", explica o armeiro Tim Wildgoose. "Então, Justin nos pediu que recriássemos armas e coisas legais dos jogos. Elas foram escondidas pelo cenário."

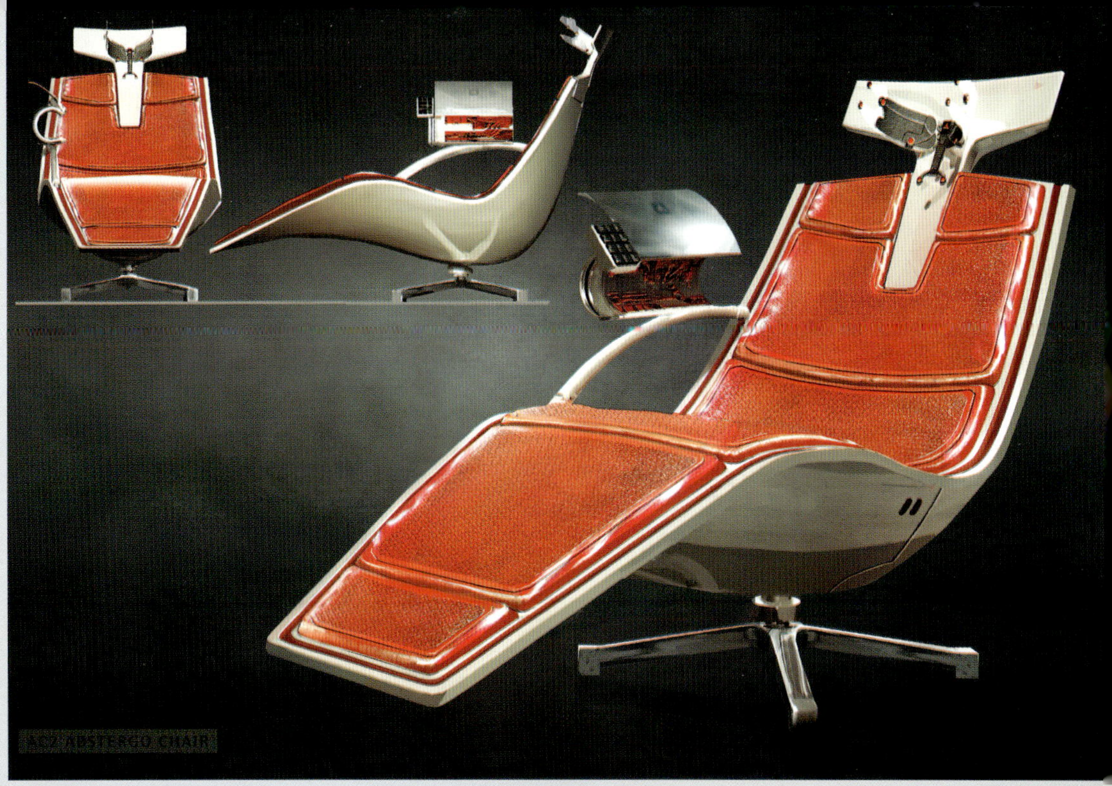
AC2 ABSTERGO CHAIR

NESTAS PÁGINAS: *Os tesouros do cofre da Abstergo e do escritório de Rikkin incluem o arco de Connor, de* Assassin's Creed III, *várias lâminas ocultas seculares e uma versão inicial do* Animus.

EXTREMA DIREITA: *Ilustração mostra a espada de Ojeda com uma escultura do Grão-Mestre Hugues de Payens em seu pomo.*

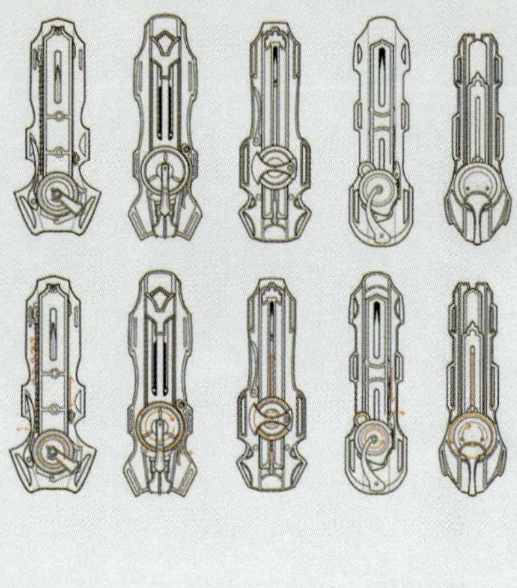

Por exemplo, a bengala-espada que pertence a Jacob Frye de *Assassin's Creed: Syndicate* está exposta no escritório de Rikkin, junto com uma cópia do Codex, um livro sobre a história dos Assassinos escrito por Altaïr.

Referências indiretas vêm em muitas formas sutis. Você conseguirá, por exemplo, encontrar o brasão dos Assassinos escondido em meio às inscrições árabes nas paredes de Alhambra? Ou no verso das cartas sendo distribuídas durante um jogo na Abstergo? Nicholson esclarece: "Existem *Easter Eggs* na cela de Callum e no Novo México da década de 1980 que são referências bem indiretas: silhuetas, formatos, pichação, coisas assim."

A decoradora de set Tina Jones tinha um *gamer* ávido em sua equipe. Ele sugeriu referências aos jogos que poderiam ser engenhosamente colocadas na estrutura das cenas. "Uma carroça carregada com feno é frequentemente importante, então, colocamos isso no filme", diz Jones.

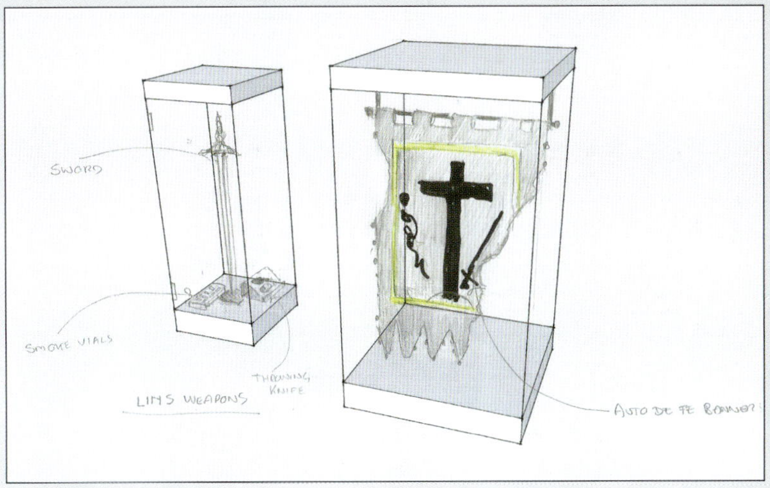

OS ASSASSINOS OCULTOS

Há muito mais sobre os prisioneiros fantasmagóricos que assombram os corredores da Abstergo do que se imagina. Quando Callum está próximo de cumprir seu destino, os personagens desse cenário, indivíduos de experimentos anteriores de Sofia com o *Animus*, revelam-se como membros da Irmandade dos Assassinos. Além disso, eles são descendentes de alguns dos personagens mais famosos dos games, cada um com suas próprias armas. "Nós partimos dos tamanhos básicos e os redesenhamos com nossa própria influência", explica o armeiro Tim Wildgoose, "mas seus designs básicos são exatamente como nos jogos."

Emir (Matias Varela) é descendente de Yusuf Tazim, do primeiro *Assassin's Creed*: "Apenas pegamos as armas diretamente dos jogos. Ele tem as facas de arremesso penduradas em seu ombro", diz Wildgoose. "Um belo arco e flecha com influência islâmica que fizemos para ele. E tem lâminas ocultas, com estilo islâmico."

Moussa (Michael K. Williams) é descendente de Baptiste, um Assassino vodu de *Assassin's Creed III: Liberation*: "Então, ele tem uma lança vodu feita de ossos", explica Wildgoose. "Ele também possui uma lâmina oculta de estilo vodu que atira dardos envenenados. Ele tem bombas de fumaça em uma bandoleira, e usa uma *Garra de Tigre*; isso é algo que encontramos em um livro. Os Ninjas a usavam para ficar suspensos nas laterais de edifícios por longos períodos de tempo. Funcionou para Baptiste, pois há uma relação com o tigre africano."

Nathan (Callum Turner) é descendente de Duncan Walpole de *Assassin's Creed IV: Black Flag*: "Para ele, fizemos um belo sabre, que foi tirado diretamente do game. Também lhe demos uma besta, retirada de *Assassin's Creed Unity*. Parece uma besta de pulso, feita de ossos. Todos gostaram tanto do conceito que decidimos dar a Nathan porque sabíamos que acabaria ganhando destaque."

Linn (Michelle Lin) é descendente de Shao Jun de *Assassin's Creed: Chronicles*: "Ela é a Assassina chinesa", diz Wildgoose. "Então, ela tem um dardo com corda. Parece uma faca de arremesso, mas com uma corda. Em vez de lâminas ocultas, ela tem esses sapatos com lâminas. Ela arremessa pequenas agulhas. E tem uma espada *Jian*, um tipo particular de espada chinesa."

ACIMA: *Além de suas habilidades em combate corpo a corpo, Emir também cria bombas de fumaça com materiais do jardim da sala comunal.*

A SEGUIR: *Moussa, Linn e Nathan com suas armas características.*

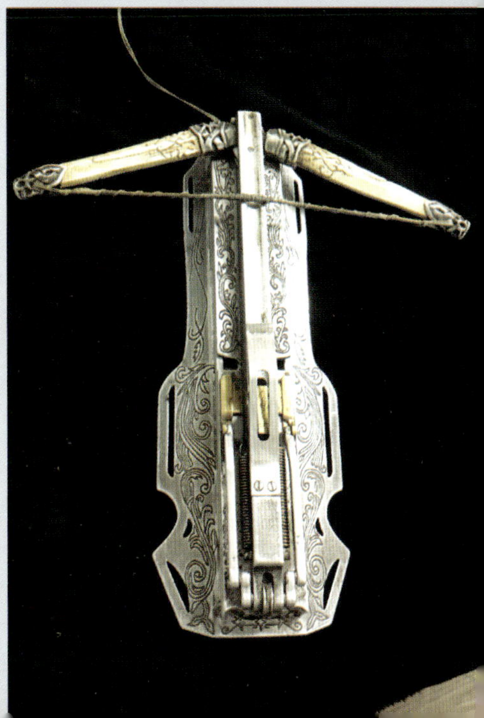

DENTRO DO LABIRINTO

SEDIADA NO LEGENDÁRIO ESTÚDIO DE 007 EM PINEWOOD, a Abstergo não era uma série de sets individuais, mas sim um gigante e interligado complexo, permitindo a Kurzel fazer movimentos longos e fluidos de câmera. Para uma das tomadas de Callum tentando escapar, Fassbender precisou correr descalço em direção à câmera afastada a mais de 30 metros.

Marshall ficou maravilhado com o tamanho do set. "Era enorme! Você podia caminhar de sala em sala. Parecia *real*."

De acordo com os cálculos de Nicholson, o set gigante deu ao diretor "70 metros de espaço para locomoção por dentro e ao redor das salas." Ele gostou da sensação causada: parecia que as salas estavam unidas — esse espaço grande, esculpido e angular. O set também começou a trabalhar simbioticamente com o roteiro, uma vez que sequências foram adaptadas para seus novos espaços.

"A sala comunal tornou-se a sala de vigilância", Nicholson exemplifica. Conforme estava escrito, eram 15 páginas de guardas de segurança olhando para monitores, o que não é muito emocionante em termos visuais. Eles conseguiram fundir um set com a sala comunal de modo que os guardas não apenas olhassem o complexo inteiro por meio das telas, mas que também pudessem ver diretamente os detentos através de uma parede de vidro. "Era algo muito teatral", explica Nicholson, "era uma imposição direta na liberdade dos pacientes."

ACIMA: *O set da Sala Infinita.*

PÁGINA OPOSTA, TOPO: *O ator Michael K. Williams como Moussa.*

PÁGINA OPOSTA, À DIREITA: *Ilustração mostra o jardim no terraço da Abstergo.*

Sendo a mais dramática representação do jogo, De Rivieres estava fascinado pelo que chamou de "alquimia" da Abstergo. Para ele, a sede da companhia em forma de labirinto irradiava uma paranoia bastante atual sobre poder corporativo e manipulação. "Nós exploramos os interesses ocultos dessa imensa corporação", ele diz. "Pessoas trancafiadas em uma instalação dessas, e uma cientista visionária e egocêntrica tentando mudar o mundo — isso é fascinante."

Nicholson prossegue: "Com Aguilar, todos veem o espetáculo inteiro no passado, mas, pessoalmente, estou empolgado com o mundo contemporâneo. A instalação moderna *respira* no passado. O que torna esse filme especial é exatamente a fusão desses dois períodos."

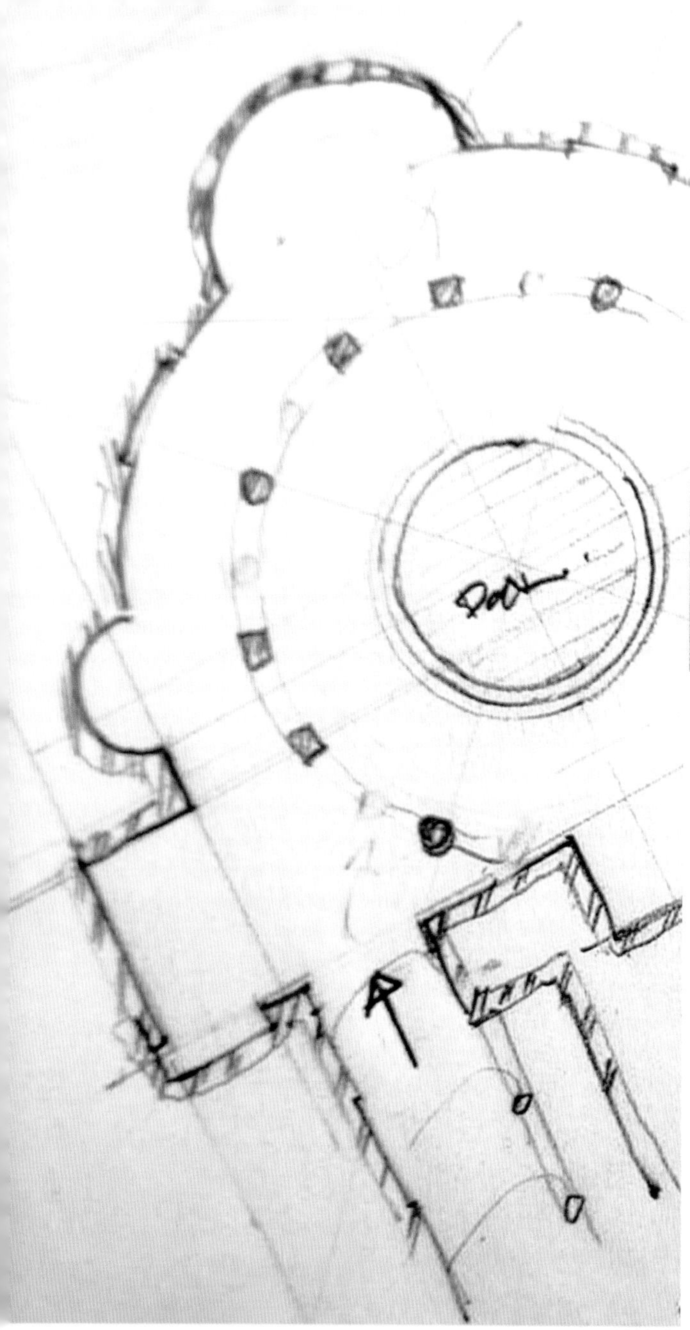

O passado também respira na Abstergo. Não apenas na coleção exposta no escritório de Rikkin, mas também na árvore que Jones colocou no corredor sem fim, com pedras aparentemente inofensivas em sua base. Inscritas em cada uma delas — quase fora do alcance das câmeras — estão preces antigas. Para a espaçosa sala comunal, a decoradora de set encontrou um designer francês que fez pequenos aquários futuristas — caixas de vidro angulares, com plantas brotando do topo. "Fizemos nossas próprias versões", ela explica. "Então, na sala comunal, tínhamos enguias e piranhas nadando nesses aquários." As enguias são uma referência aos mercadores de enguias na velha Espanha; já as piranhas sugerem algo mais predatório.

Além da combinação de instalação corporativa, laboratório, museu, prisão e hospício, a Abstergo também possui o estilo santificado de uma catedral. Em seu coração está a Câmara do *Animus*: uma enorme sala em forma de arco — o maior interior individual do filme — contendo a tecnologia avançada do *Animus*, através da qual Callum irá regressar aos domínios de sua memória genética. Um verdadeiro portal para o passado, o design da câmara é uma fusão literal do velho com o novo. Uma antiga parede de pedra cerca o *Animus* com um piso de mosaico por baixo, evidência de que o lustroso e moderno edifício foi construído sobre os restos de uma antiga igreja.

ACIMA, À ESQUERDA: *O primeiro desenho da câmara do* Animus *criado para o filme.*

ACIMA, AO CENTRO: *Um modelo inicial do* Animus *tinha Callum submerso em um tanque de água.*

SOBREPOSTA A SEGUIR: *Um esboço explorando o braço do* Animus.

ACIMA, À DIREITA: *Conceito inicial do* Animus.

"Foi realmente fantástico, porque era uma mistura de beleza antiga e um material bastante frio, mas ainda belo", diz Cotillard, lembrando-se do set. "Novamente, é como um paradoxo — o encontro de algo bastante profundo, antigo e gélido, mas com muita vida."

Nicholson teve a ideia de que a Abstergo fora construída em um sítio arqueológico importante para os Templários, *mas* possivelmente sagrado para os Assassinos. "Então, fizemos um espaço bizantino. Eu gosto da arquitetura bizantina — é quase romana. Eu sentia fortemente que deveria ser uma igreja, algo até mais velho que Aguilar. É do século XI ou XII, comparado ao século XV. Tem um lindo piso de mosaico, quase romano, com uma grande cruz Templária nele."

Também servia a um propósito visual prático. Kurzel e Nicholson acreditavam que seria muito abrupto mudar da fúria e da empolgação do século XV para a fria e claustrofóbica colmeia da Abstergo.

A Câmara do *Animus* é um espaço de transição e o coração do filme. Nela, o passado e o presente coincidirão quando o assustador *Animus* sondar o DNA de Callum. É aqui que acontecerá o processo de sua transformação em um Assassino. Callum, através de seu ancestral e do passado, descobrirá quem ele é. De acordo com o diretor: "É através do *Animus* que ele compreende de onde ele vem."

CAPÍTULO 3

O *ANIMUS*

A DEFINITIVA REALIDADE VIRTUAL

ACIMA E TOPO A SEGUIR: *Ilustrações mostram como o braço se conecta ao telhado da Câmara.*

ABAIXO: *Ilustração inicial da Câmara do* Animus.

PÁGINA OPOSTA, INFERIOR: *Incrível ilustração do display de luzes criado pelo* Animus.

"Este foi, sem dúvidas, o maior desafio", diz Michael Fassbender. "Como faremos algo orgânico de uma máquina? Como podemos mostrar mais que Callum sentado em uma cadeira? Como podemos impressionar o time de desenvolvimento do jogo com o que criamos? Bem, nós definitivamente alcançamos tudo isso."

Consistindo na mudança mais ousada do filme com relação à mitologia de *Assassin's Creed*, o *Animus* é uma tecnologia avançada de realidade virtual que garante aos operadores acesso à memória genética de um indivíduo. Eles podem reproduzir a memória para uma pessoa de modo a parecer um acontecimento no presente. De acordo com a teoria do game, a história de vida de nossos ancestrais está guardada em nossos genes. O *Animus* localiza um ancestral em particular e o direciona para um tempo específico.

Naturalmente, o *Animus* seria o elemento central para qualquer proposta de filme baseado no jogo. Afinal de contas, esse é o meio pelo qual o presente é interligado com o passado. No entanto, a interação no jogo era bastante estática. "Sente-se na cadeira, coloque os óculos de realidade virtual e vá ao passado", diz Aymar Azaïzia. "O filme precisava de mais drama e mais verossimilhança."

De fato, Kurzel insistiu em construir algo bem mais visual do que mostrar alguém inclinado em uma cadeira com alguns sensores colados em sua cabeça. Ou até mesmo a cadeira de dentista futurística de *Matrix*, em que a conexão de realidade virtual é feita por meio de um cabo bastante invasivo.

Kurzel queria algo completamente original e incumbiu Nicholson e seu time de criar uma tecnologia fora do comum, mas plausível. Ele explica: "Como grande parte do jogo ocorre no passado, o *Animus* se torna um veículo moderno que leva você a esses elementos. Em contrapartida, o tempo presente é a mola propulsora do filme. Desse modo, o *Animus* precisava se assemelhar a uma máquina perigosa. Ele teria que ser capaz de ensinar a Callum, psicológica e fisicamente, como se tornar um Assassino."

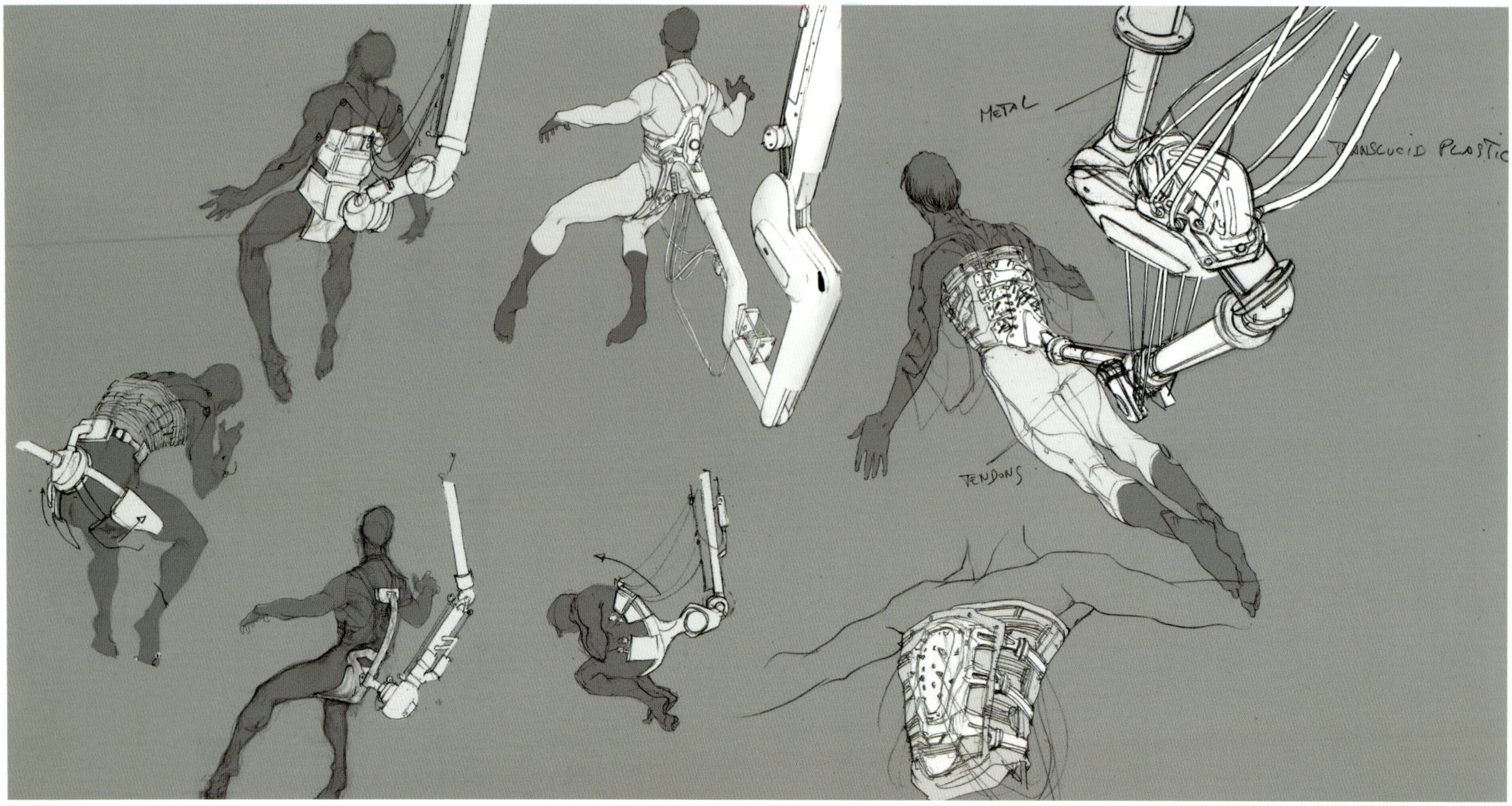
METAL
TRANSCUCID PLASTIC
TENDONS

TOPO ANTERIOR: *Estudos do braço do* Animus.

PÁGINA OPOSTA, INFERIOR: *Dois assistentes conectam Callum ao* Animus.

TOPO, À ESQUERDA: *Fios e armações foram utilizados para imitar o braço durante as filmagens.*

ACIMA: *Exploração dos detalhes do braço.*

O desenvolvimento do novo *Animus* colocou em foco todos os elementos de pensamento criativo que foram utilizados no filme: a visão enérgica de Kurzel, a abordagem centrada na precisão de Andy Nicholson, o casamento de efeitos de computador com sets reais, as proezas inesgotáveis da equipe de dublês e, é claro, o espantoso talento físico de Fassbender. O *Animus* tinha que parecer verdadeiramente cinematográfico e assustador.

O *Animus* é uma extensão braçal, semelhante a uma serpente, que é inserida na espinha. Callum é suspenso no *Animus* e começa a reviver o que seu ancestral está fazendo. Conforme Aguilar luta, escala e salta, Callum, preso em suas memórias, irá realizar os mesmos movimentos. Quando Aguilar salta de um edifício, o braço do *Animus* realiza movimento idêntico ao lançar Callum em direção ao chão.

Kurzel explica: "O *Animus* é construído como um teatro, com Callum no centro. O passado é mostrado através de projeções de luz sobrepostas ao presente, quase como hologramas ou fantasmas, que são gravadas pela Abstergo para que, então, possam ser repetidas mais tarde. Por exemplo, quando Aguilar luta com um Templário no passado, eu posso cortar para Callum, o qual está lutando com uma versão de memória, uma versão expressionista daquele Templário."

Se Aguilar estiver escalando uma parede, veremos Callum escalar uma parede feita de luz. O braço ajuda o personagem a realizar o movimento de subida. Ao mesmo tempo, você vê a arquitetura da parede que faz Callum acreditar que está ativamente envolvido nas ações de Aguilar na Espanha do século XV.

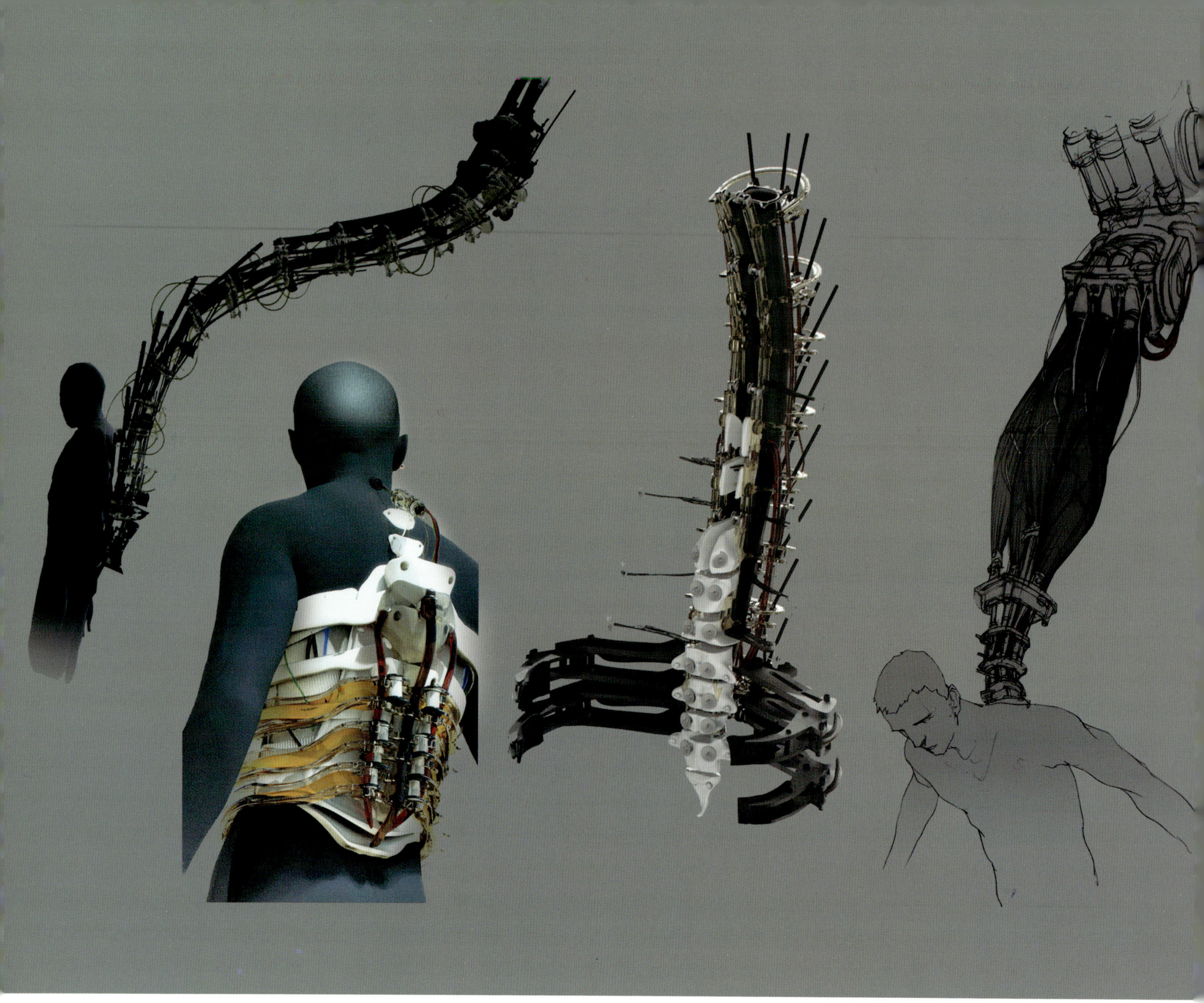

A EVOLUÇÃO DO *ANIMUS*

O DESAFIO IMEDIATO PARA OS TIMES DE DESIGN foi encontrar um modo de criar um *Animus* que nos permitisse sentir pelo que Callum estava passando quando ele atingia a "sincronização" (a integração do indivíduo com o *Animus*) com o passado. Se ele estivesse simplesmente inclinado em uma cadeira, o efeito seria reduzido a pálpebras tremendo e membros contraindo-se, tremores subconscientes que já haviam sido feitos anteriormente.

Virginie Bourdin, assessora de arte conceitual, foi convocada por Nicholson para ajudar na criação do visual de *Assassin's Creed*. Ela foi, então, o principal canal para todo o desenvolvimento do *Animus*. Tendo trabalhado como uma artista conceitual de efeitos visuais em mais de 30 filmes, Bourdin compreendeu que sua função era basicamente "entender a linguagem visual que Nicholson pretendia criar". Levando-se em consideração a abordagem ultradetalhada e o uso de técnicas de modelagem em 3D, ela liderou uma equipe inteira de artistas, tornando-se uma ponte entre os departamentos de produção e o de efeitos visuais.

NESTAS PÁGINAS:
Criando o braço do Animus.

Bourdin mergulhou em quatro gigabytes de informações providenciadas pela Ubisoft. Sua principal função foi conceitualizar os "itens icônicos": dentre eles, a Maçã do Éden e o *Animus*.

Ela resume sua missão em termos simples: "Meu trabalho era apresentar a Justin e a Andy todas as possibilidades para que eles decidissem o que era mais importante."

Versões iniciais do roteiro sugeriam atirar Callum em um tanque de água. Segundo Bourdin: "Você tem de pensar na segurança. Estávamos falando de submergir o Michael Fassbender."

Nicholson não estava convencido do apelo visual de um tanque d'água. Então, Bourdin reduziu o tanque para um cilindro cheio de água, no qual Callum seria colocado em um tipo de assento submerso. Então, Nicholson imaginou que seria interessante se Callum fosse conduzido para o fundo por um braço mecânico. Esse foi o momento *eureca*: com o braço, não havia necessidade da água.

"Foi então que começamos a fazer esses desenhos", lembra Bourdin, "e Justin disse, 'Oh, *isso* é interessante.'"

TOPO ANTERIOR E CENTRO: *A máquina que cria as projeções de luz.*

PÁGINA OPOSTA, INFERIOR: *Exemplo de como o* Animus *projeta figuras humanas na câmara.*

NESTA PÁGINA: *Artistas conceituais sobrepuseram imagens aos fotogramas para aferir como as projeções de luz ficariam na versão final.*

PRÓXIMAS PÁGINAS: *Conceitos do efeito de sangramento.*

Imediatamente o diretor percebeu que o ator ganharia maior expressividade quando estivesse montado na extremidade do braço do *Animus*. Seu meio seria o ar — não a água — e a praticidade da ideia atraiu Kurzel e seu conhecimento teatral.

Bourdin se lembrou de que, às vezes, espetáculos de dança e de teatro utilizam projeções de vídeos no palco durante as performances. Assim, a sombra de outra ideia surgiu em sua cabeça. Durante uma reunião subsequente, ela sugeriu: "Talvez pudéssemos rodeá-lo com imagens do passado."

O *Animus* projeta essas aparições de Aguilar no século XV, cujos movimentos seriam imitados por Callum depois de uma fração de segundo. "Tornou-se um tipo de dança entre o contemporâneo e o histórico", diz Kurzel.

Nicholson o descreve como um ciclo de resposta. "Você está conectado por uma epidural à uma máquina que lê seu passado, processa a informação e a reproduz em seu sistema nervoso. Se você está correndo no chão ou subindo em uma parede, ela reproduz os movimentos em seus músculos. Quando Aguilar luta, você verá Callum movendo-se fisicamente como se estivesse tentando atingir algo. Se ele estiver subindo na parede de uma igreja, isso será representado para o espectador."

Frank Marshall acrescenta: "O que Callum vê aparece na sala do *Animus*, então, os cientistas podem ver o que está acontecendo dentro de sua cabeça projetado ao redor da sala. É realmente uma questão complicada de montagem."

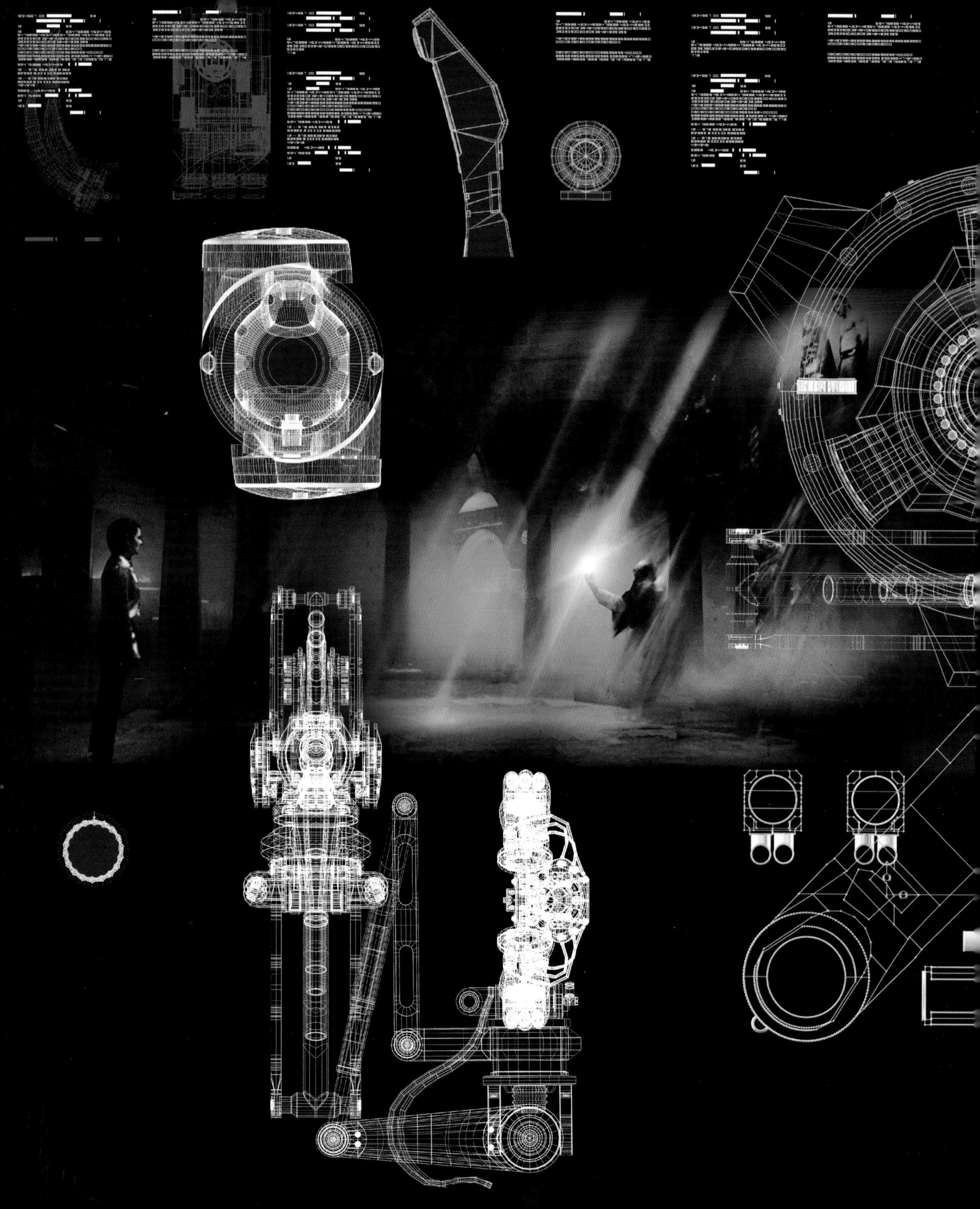

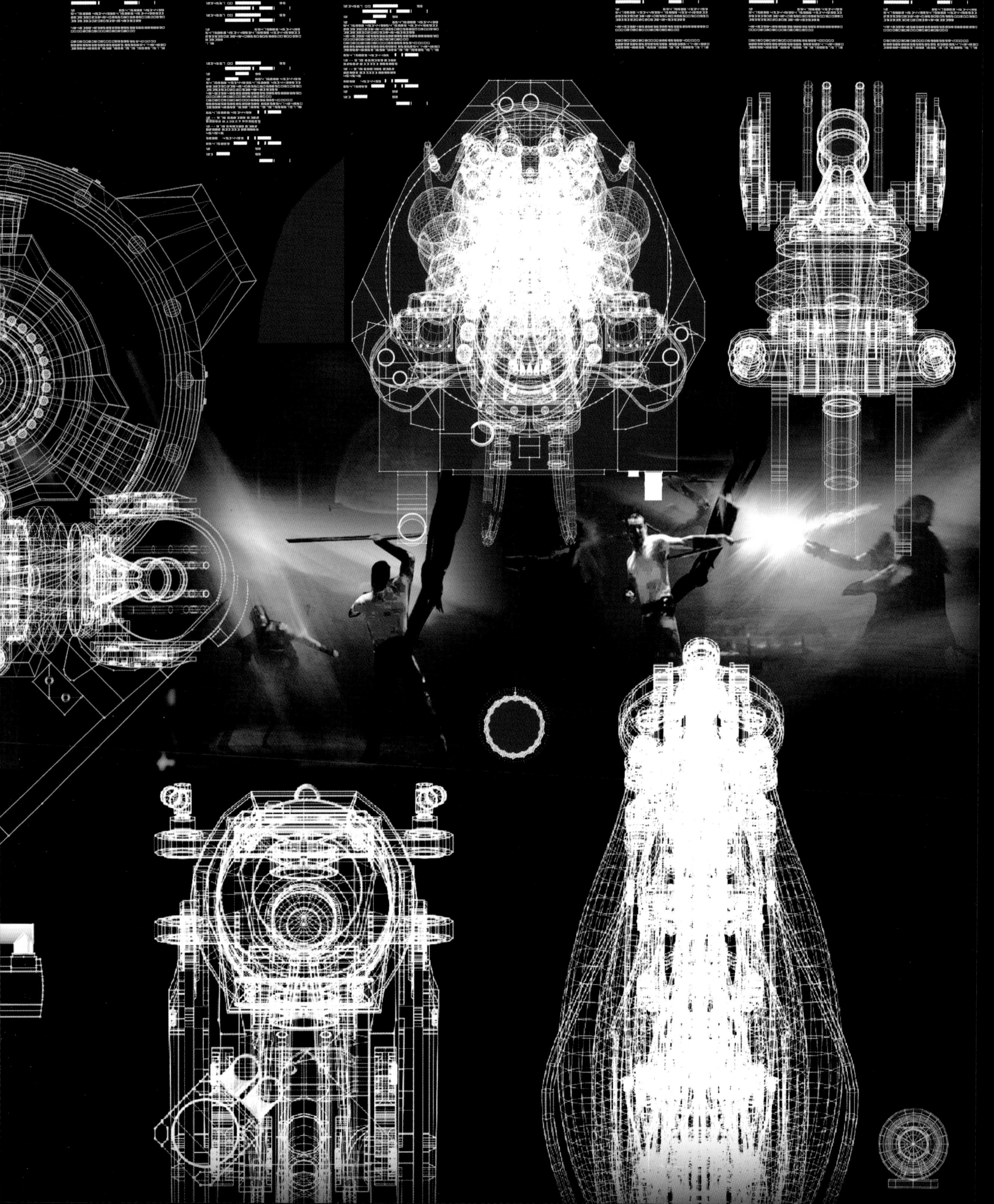

UMA MÁQUINA VIVA

ASSIM COMO PROMOVE A FUSÃO ENTRE PASSADO E PRESENTE, o design da máquina do *Animus* também personifica o entrelaçamento das estéticas de Kurzel e de Nicholson. Ambas as abordagens, diz Bourdin, têm uma grande pureza — e juntas elas tornaram-se uma única voz, pois este tentáculo ou braço robótico foi pensado tanto como uma máquina quanto como algo ameaçadoramente orgânico.

Nicholson começou com robótica. "Precisava parecer real", ele diz. "Real é algo importante para Justin. É algo importante para mim também. Você realmente acredita que o braço está se movendo." Ele teve a ideia de inverter um equipamento mecânico de seis eixos, que é a base de simuladores de voo, para fora do qual se estenderia o braço.

Após ver a abordagem funcional de seu desenhista de produção, Kurzel quis sintetizar o braço com uma textura biológica. O *Animus* deveria parecer estranho e desconfortável. Nicholson adicionou um sistema de músculos pneumáticos para dar "personalidade" ao braço.

A semelhança a uma dança era fundamental para Kurzel — a máquina não está puxando o sujeito por toda a parte nem o sujeito está puxando o braço. A interação deveria ser bastante sutil, como uma disputa em um cabo de guerra quase imperceptível. Seria como se o *Animus* estivesse quase consciente.

Através de suas três regressões, Callum aprende a controlar o fluxo de memórias: no início, mal consegue acompanhá-las, mas já na segunda regressão, ambos os parceiros estariam em sintonia, e na terceira, ele estaria movimentando-se à frente do *Animus*, como se estivesse prevendo seus sinais. De acordo com Bourdin: "Eventualmente, ele fica motivado e vai mais rápido que a máquina."

O resultado visual de um homem e uma máquina entrelaçados – feito em CGI – não pareceria estranho em um filme de horror. De acordo com Bourdin, o equipamento biomecânico seria "um corpo inteiro sem pele". Ela compara: "Como se fosse alguém voltando dos mortos."

"De fato, pareceu-me um tipo de animal que conecta uma pessoa ao seu sangue ancestral", diz Marion Cotillard. "É um veículo de sangue e DNA com toda a complexidade que existe em um ser humano."

Callum é firmemente preso no final do braço por uma "caixa torácica" de titânio, de onde sai uma agulha que serpenteia até as costas do personagem, ao longo da coluna e dando início ao processo de extração. Segundo Azaïzia: "O *Animus* é diretamente ligado na coluna vertebral de Callum."

Uma vez definido o conceito funcional para o braço, Bourdin pôde se concentrar na resolução do seguinte problema: como funcionaria a unidade central – o corpo do *Animus*. Era preciso manter o visual de máquina biológica – e também contemplar o conceito de memória enraizada no DNA – que Kurzel havia previsto: como o cérebro ao qual a espinha ainda estava conectada. Bourdin compara o visual resultante a um cérebro conservado em formol.

Nicholson afirma: "Acho que alcançamos um resultado brilhante. Toda a tecnologia em torno de leitura de memórias é orgânica, com substâncias químicas e esporos em vez de informações digitais. Interagimos com isso por meio de uma interface molecular."

Memórias são retiradas do DNA do indivíduo enquanto ele as revive como se fossem reais, alimentando o braço umbilical e imprimindo-as como matéria orgânica, a qual é, então, cristalizada e transformada em um cartão de memória. "Nós propusemos que isso desse um impulso elétrico em cada músculo", lembra Bourdin, "mas seria difícil ver o efeito porque Callum estava coberto por seu traje de prisioneiro."

Todas suas ideias tinham de ser testadas não apenas contra a convicção de Kurzel que seu mundo tinha de ser convincente, mas também contra as realidades pragmáticas de trajes, adereços, efeitos especiais e o design de produção: o que auxiliava a narrativa... e o que a inibia. Por fim, eles se concentraram no fluxo e refluxo da memória através do braço, e como ele se conectava à medula espinhal. Como Bourdin diz, com otimismo: "Era preciso ser medicamente correto".

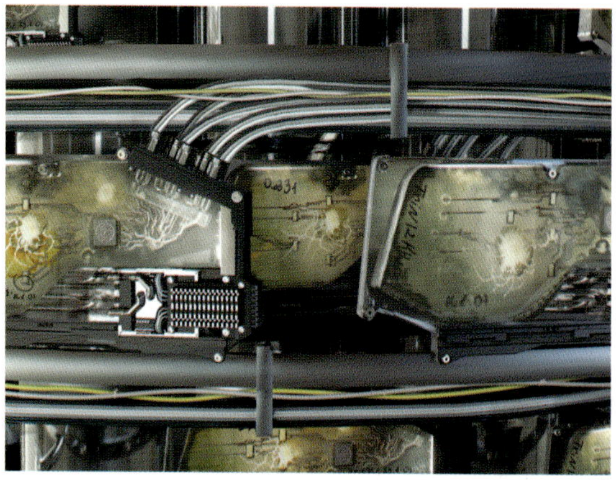

TOPO: *Ilustrações mostram o núcleo de Memória.*

CENTRO E EMBAIXO: *Ilustrações mostram o console do* Animus.

NA PÁGINA OPOSTA: *Renderização da máquina do* Animus.

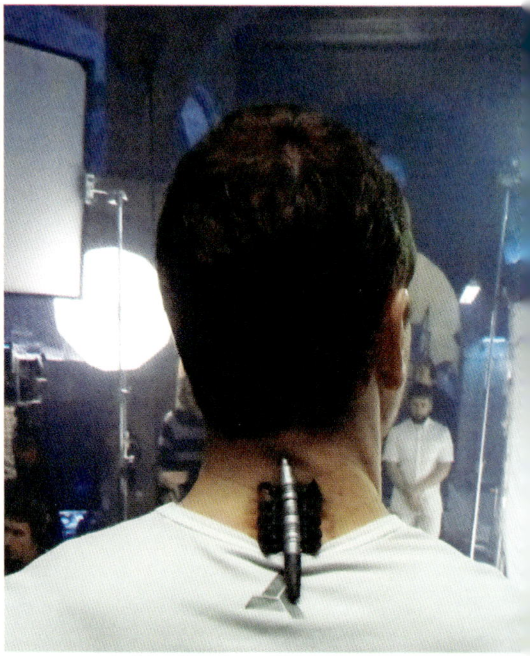

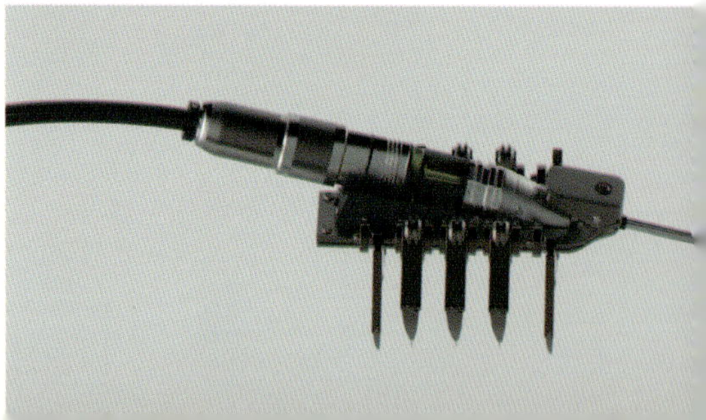

DANÇANDO COM O PASSADO

AS TRÊS REGRESSÕES DE CALLUM O LEVAM a três diferentes localizações no presente vivido por Aguilar. Mas a regressão é um processo arriscado, devido ao "efeito de sangramento". Quanto mais tempo alguém passa no *Animus*, maior é a chance de que a composição mental de seu ancestral venha a se derramar sobre sua psique, potencialmente causando instabilidade ou "dessincronização". Isso pode matar ou mentalmente arruinar um paciente.

Azaïzia explica: "Há alguns aspectos positivos como, por exemplo, você provavelmente conseguirá fazer *parkour*. Mas, ao mesmo tempo, você também terá um monte de problemas mentais ou um ataque cardíaco, já que seu corpo não está preparado para aquele nível de estresse. Não à toa, muitas pessoas que estiveram no *Animus* parecem catatônicas."

Então, o filme torna-se uma corrida contra o tempo — conseguirá Sofia extrair a memória correta e encontrar a Maçã do Éden antes que Callum vire um fantasma como os outros detentos? Ou será que a linhagem Assassina de Callum o permitirá superar, ou até mesmo abraçar, o efeito de sangramento?

Embora pareça um paradoxo, enquanto ligado à máquina, Callum precisava de liberdade para imitar tudo que Aguilar estava fazendo. Então, para "validar a integridade" do conceito, Bourdin estudou os movimentos marcantes de luta e de corrida livre dos Assassinos. Na Ubisoft, ela se reuniu com os peritos responsáveis por animar as técnicas de artes marciais. Em seguida, Bourdin pediu que sua equipe elaborasse suas próprias animações. Assim, ela poderia compreender quais seriam as restrições da máquina. Foi uma equação finamente balanceada. Bourdin postula: "Quanto a máquina poderia ajudar ou limitar o movimento do ator?"

PÁGINA OPOSTA, TOPO: *Michael Fassbender filmando na Câmara do Animus.*

PÁGINA OPOSTA, INFERIOR: *A ferramenta de epidural.*

TOPO, À ESQUERDA: *Dois membros da equipe desenvolvendo o braço de suspensão.*

TOPO, À DIREITA: *Por meio do* Animus, *Callum irá vivenciar as ações de Aguilar de quinhentos anos atrás.*

ACIMA: *Gráficos do monitor.*

Para recriar os movimentos de Aguilar, as sequências do *Animus* tiveram que ser rodadas quando as filmagens estivessem próximas do fim. Para Fassbender e seu dublê, não havia apenas o desafio físico de imitarem os passos de ambos, mas também o desafio de expressar a sutil progressão de Callum ao longo de seu aprendizado com Aguilar. O mestre dublê Ben Cooke precisava descobrir como recriaria os movimentos que eles haviam filmado semanas atrás nas locações em Malta e Espanha. Além disso, esses mesmos movimentos não poderiam ser imagens refletidas entre um e outro. Ben Cooke precisava inserir neles o sutil processo de aprendizado que torna Callum capaz de igualar suas habilidades às de Aguilar. "Ele vai chegando mais e mais perto até que eles se tornam uma coisa só", explica Cooke. "Até que Callum e Aguilar acabem meio que se fundindo. Então, há uma jornada na fisicalidade de Callum."

Enquanto estavam nas locações, eles escolheram partes específicas da ação para Callum imitar, quando o filme vai e volta entre a Abstergo e a Inquisição. Quando retornaram a Pinewood, Cooke cuidadosamente escolheu de qual regressão veio cada um desses movimentos imitados, reinterpretando cada parte dessa dança baseada nos três níveis de habilidade que Callum gradualmente ganhou de suas experiências com Aguilar.

Kurzel comenta: "Próximo ao fim, quando Callum está cada vez mais se assemelhando a seu ancestral, nós começamos a intercalar perfeitamente as cenas de ambos. De certo modo, Aguilar e Callum tornaram-se uma única pessoa."

Para recriar os movimentos do *Animus* no set, Fassbender e seu dublê foram suspensos em fios com um ponto de rastreamento de efeitos visuais em suas costas. O ator começaria e terminaria uma determinada sequência no *Animus* e, dependendo da complexidade ou dos riscos envolvidos no movimento, seu lugar seria ocupado por dublês ou por substitutos digitais.

Apesar de o braço do *Animus* ser totalmente digital, Kurzel e Nicholson estavam determinados a criar uma referência real para o trabalho. Sem tempo para construir uma versão completa do braço, Nicholson conseguiu uma "marionete" da seção inferior do braço. Operado pela equipe, o braço pulsa enquanto se move, como se estivesse respirando. Bourdin ri: "É como se o braço-fantoche estivesse atuando."

O visual e os movimentos sutis do *Animus* continuaram a ser refinados ao longo do período de pós-produção, mas o conceito impressionou tanto os programadores da Ubisoft que eles esperam adotá-lo nas futuras versões do jogo de *Assassin's Creed*. Criou-se um círculo de referências: do jogo para o filme e do filme para o jogo novamente.

VISÃO DE ÁGUIA

SEMPRE QUE CALLUM — E OS ESPECTADORES — assume o lugar de Aguilar, há uma significativa fase de transição em que, em primeiro lugar, vemos os eventos pelos olhos de uma águia. Essa visão de águia pode ser um talento místico do Assassino. Ou poderia facilmente ser simbólico. Ou apenas uma exposição cheia de estilo antes de o filme enfocar a narrativa de Aguilar. Pergunte e você receberá várias explicações intrigantes.

Kurzel define a águia como um "anjo da guarda".

Marshall acredita que se trata de uma advertência: "Mas isso também nos dá a habilidade de conduzir a câmera a partir do presente, um elemento transicional levando-nos para dentro daquele mundo."

Há uma sequência em que a águia pousa em uma árvore. À medida que a câmera realiza um movimento de descida pela árvore, nós vemos Aguilar pular para o chão, como se a águia tivesse se transformado em um humano.

Azaïzia, com seu extenso conhecimento da franquia, explica detalhadamente: "Isso começou como uma ferramenta em nosso jogo. Você deve ter percebido que há muitas referências. Trata-se de uma metáfora para o modo como nossos personagens se movem, saltando de telhado em telhado. Eles imitam a águia."

Dentro do jogo, sempre que um personagem está prestes a fazer o Salto de Fé, você pode ouvir o grito de uma águia. Azaïzia interpreta isso como a encarnação do livre-arbítrio de um Assassino. O Assassino, ele diz, é como uma águia, procurando sua presa no meio da multidão. Não é de se admirar o motivo pelo qual a águia foi incorporada em todos os trajes e os nomes dos Assassinos.

Azaïzia explica: "Na franquia, o nome de cada personagem é proveniente de uma ave de rapina. Ezio, por exemplo, significa 'águia' em italiano."

O nome Aguilar vem do espanhol "aguila", que significa "águia". Durante a regressão final, quando Callum abraça sua herança, uma águia pode ser vista rodeando a Câmara do *Animus* e, finalmente, desaparecendo gradualmente na direção de Callum. É a alma de Aguilar sendo aceita por seu descendente.

PÁGINA OPOSTA: *A águia é um símbolo importante no universo de* Assassin's Creed. *O Salto de Fé até incorpora a estrutura física de uma águia.*

TOPO: *O trabalho de arte retrata uma fortaleza moura onde Aguilar é iniciado na Irmandade dos Assassinos.*

CAPÍTULO 4

A INQUISIÇÃO

TEATRO CRUEL

O ESPLENDOR MOURO DE ALHAMBRA, com seu complexo de palácios e mosaicos, tem presidido Granada desde o ano 889. No entanto, a maioria de seus cidadãos desconhece os túneis escondidos. Enterrado sob o querido sítio histórico está um labirinto de passagens estreitas. Aqui esteve Caroline Sol, rastejando pelo chão, cheia de pó, com uma lanterna em sua testa e aranhas em seu cabelo. "Como em um filme do *Indiana Jones*!", ela fala com orgulho. No entanto, seus pensamentos estavam voltados para *Assassin's Creed*. Ela recorda que, enquanto suas mãos e joelhos se arrastavam embaixo dos palácios mouros, as filmagens já haviam começado em outra parte da Espanha. Todavia, esses túneis acabariam indo para o roteiro. Tendo resgatado a Maçã do Éden das garras de Torquemada, Aguilar precisava de um plano de fuga de Alhambra. E a própria História tinha a solução.

Após os locais vazios e geométricos da Abstergo, a Inquisição deveria parecer um sopro de vida em todo seu espetacular, e muitas vezes horrível, detalhe. Ela tinha de satisfazer a descrição de Fassbender: um "teatro cruel".

Segundo o ator: "Como estabelecemos o presente em uma Abstergo muito rígida, as regressões precisavam trazer uma experiência visual bem diferente."

"Era uma chance de trazermos a personalidade e a textura, bem como a extravagância", diz Nicholson. "O jogo é bastante teatral quando se trata de representar o passado, então, precisávamos de diversão."

Para Justin Kurzel, havia uma variedade de inspirações para retratar o passado. Ele percebeu que os vívidos contrastes de luz e escuridão nas pinturas de Caravaggio serviam às ideias de os Assassinos poderem ficar ocultos e desaparecerem rapidamente na escuridão. "Há uma leve característica de filme *noir* nisso", ele diz.

Em contraste, ele também se inspirou nos planos abertos dos filmes de faroeste de Sergio Leone e em *Lawrence da Arábia*, em que a luz natural não foi capturada pela câmera. O diretor explica: "A luz é um grande tema em *Assassin's Creed* e ela influencia os visuais. Então, estava apenas tentando fazer tudo parecer real."

De acordo com Kurzel, o presente é azul e cinza como uma contusão, e o passado é bastante amarelo e laranja como o fogo. "Como se tudo estivesse acontecendo no crepúsculo ou de manhã cedo", ele diz. "Você pode ver e sentir a poeira e a fumaça no ar. Não é limpo; não há nenhum céu azul."

Nicholson pesquisou extensivamente não só as pinturas do século XV, mas também as suas tintas, mantendo o princípio da veracidade histórica. Naquele tempo, o corante roxo simplesmente não existia, e fora de Veneza, o azul era bastante raro na Europa.

Como Granada e Sevilha agora são cidades modernas e agitadas, eles precisariam recriar as paisagens urbanas de 1491 em outro lugar. Malta, em particular Valletta, sua relativamente bem preservada capital, oferecia a tela ideal para imaginar a turbulenta Inquisição. Quando Nicholson olhou sobre os telhados, a confusão de torres de igrejas e ameias criava uma visão de antiguidade. Ele gostou de como Valletta, situada numa pequena faixa de terra que se projeta para o mar, tornou-se extremamente erodida. O arenito quebra com facilidade. "Um filme como esse é um exercício de construção de mundo; você está indo para o século XV, mas é um século XV com eventos bem específicos, uma época muito importante", ele diz. "Eu tinha de encontrar locações em Malta que se tornariam uma versão de Sevilha não muito exata, mas que tivessem todos os tons, os tropos e os temas que funcionariam para o que estávamos fazendo no filme."

Frank Marshall, que teve seu quinhão de experiência montando acrobacias em locações abafadas em seus dias de produtor da série *Indiana Jones*, ficou impressionado com o que a ilha mediterrânea oferecia. "Ela já oferece uma infraestrutura muito boa", ele diz. "Você consegue um ótimo apoio à

PÁGINA ANTERIOR, TOPO: *Decoração de cenário de uma rua de Sevilha.*

PÁGINA OPOSTA, INFERIOR: *Aguilar diante do cenário de uma moderna cidade espanhola.*

TOPO: *Aguilar desce nos túneis secretos debaixo de Alhambra.*

produção, e nós precisávamos de um monte de figurantes. Mas a maior parte dos monumentos históricos está inalterada. E o governo é bastante generoso com filmes. A não ser que o local seja muito frágil, você pode filmar onde quiser." Isso incluía escalar paredes e alguém balançar-se nos peitorais de janelas.

Realmente, eles montaram um espetáculo. De acordo com o produtor: "Nós tínhamos dez guindastes em um set, alguns para a construção do próprio set, outros para armação, outros para a iluminação. De modo geral, filmamos com níveis de iluminação bastante baixos. Foi necessário contornar isso."

Para Nicholson, nada supera o fato de que boas locações potencializam o processo cinematográfico. "Valletta nos deu algumas excelentes perspectivas, incluindo uma tomada para o chão filmada do alto de uma catedral de 18 metros. Se fosse construído um set, não necessariamente se pensaria em fazer algo assim. Isso nos força a lidar com um monte de problemas e também a fazer uma escala muito maior do que poderia ter sido."

ACIMA: *Uma rua de Malta transformada em um mercado do século XV em Sevilha.*

PÁGINA OPOSTA, TOPO: *Decoradores de cenário recriaram uma cozinha historicamente precisa para a cena da perseguição do auto de fé.*

PÁGINA OPOSTA, CENTRO: *Decoração de cenário da casa de um nobre.*

PÁGINA OPOSTA, INFERIOR: *Granada e a paisagem em seu entorno possuem uma paleta de cores vermelha, poeirenta.*

Malta também foi a base para a construção de muitos cenários da era da Inquisição, tais como a recriação da Corte dos Leões de Alhambra e o auto de fé, que mobilizou 800 figurantes para formar a multidão. Nicholson, que havia filmado *Troia* em Malta 12 anos antes, reconheceu que o local exigiu aumento da escala planejada antes das filmagens: "Ele demandou um pouco mais de grandiosidade."

Enquanto tomadas de fundo seriam filmadas em Granada e Sevilha, a paisagem em volta de Almeria serviu de terreno para a perseguição de carruagem e para as cenas iniciais do Novo México. Sendo o lugar mais árido da Europa, delimitado ao norte por um deserto, Almeria tem a história do cinema escrita em seu DNA: David Lean filmou *Lawrence da Arábia* nessa província espanhola, e Sergio Leone utilizou-a como pano de fundo para seus filmes de faroeste à italiana, duas referências de Kurzel para *Assassin's Creed*.

"Com Aguilar, nós quisemos explorar a ideia de um herói de faroeste que não fala muito." Fassbender reconhece que eles estão tirando seu chapéu para o legendário *O Estranho Sem Nome*, de Clint Eastwood. "Ele é basicamente sobre ação."

Se Malta e Almeria providenciaram um cenário e clima excelentes, era trabalho dos diversos departamentos trazer à vida o primeiro plano da história. O desenho de produção deveria ajustar e estender perfeitamente os sets, construindo camadas extras, apoios e parapeitos ocultos para os dublês usarem.

Então, a decoração de set trabalharia para preencher uma locação com a parafernália da época, despachando os objetos cenográficos de Londres, adicionando camadas e mais camadas de detalhes, alguns dos quais invisíveis à primeira vista. "Justin deu essa escala épica: os trajes, os cavalos, a grandeza disso tudo. Ele insistiu que nós experimentássemos e duplicássemos o que sabíamos sobre aquela era", diz Marshall.

Ao longo do ciclo de vida do jogo, o *ethos* tem sido a máxima imersão do jogador na era escolhida. Sol foi tomada de surpresa pelos protestos quando a guilhotina da Praça de Concórdia em Paris foi realocada para a frente de Notre-Dame, em *Assassin's Creed: Unity*. A História é de grande importância para o jogo, e a Ubisoft estava determinada a manter a fidelidade no filme.

Pesquisadores observaram a forma como se pintavam as paredes naquela época e como as ruas eram iluminadas de modo a se conseguir uma precisão histórica. Sammy Sheldon (figurinista) tingiu roupas da maneira como se fazia 500 anos atrás.

Nicholson enviou Sol para a tumba de Cristóvão Colombo, localizada na catedral bizantina de Santa Maria da Sede. Ali, ela passou horas tirando fotos para enquadrar a distância entre a porta de entrada e a tumba.

Na verdade, a pesquisa descobriu uma porta secreta escondida sob a tumba — outra potencial rota de fuga providenciada pela história. "Eu olhei para o lado da tumba e não parecia normal; não era firme", ela lembra. "Então, percebi que havia uma câmara ao lado da tumba." Ela imediatamente ligou para Nicholson, e a porta secreta foi construída na réplica da tumba, em Pinewood.

O absoluto detalhe de tudo isso é impressionante. Até em cenas breves, tal como em uma cozinha do século XV, criada pelo departamento de objetos cenográficos em Malta, revelam uma precisão histórica incrível. A cozinha não desempenha um papel importante na história. Talvez você consiga apenas entrevê-la quando Aguilar passar correndo por ela, mas há itens que nunca foram descritos antes, itens que eles descobriram em sua pesquisa intensiva. Um exemplo disso é uma pequena gaiola utilizada para guardar comida e mantê-la longe do alcance dos ratos. O departamento de adereços encontrou uma dessas, original dos anos 1400, e a utilizou para decorar o set.

Essa vontade de trazer o passado de volta à vida resumiu tudo que estavam tentando alcançar. Quando se tratou da Espanha do século XV, queimando com a crueldade da Inquisição de Torquemada, o filme recontaria a história com grande detalhe. Teremos a sensação de darmos os mesmos passos de Aguilar, assim como Callum o faz.

COREOGRAFANDO OS ASSASSINOS

O MESTRE DUBLÊ BEN COOKE, com *O Ultimato Bourne* e a recente reinvenção enérgica de James Bond em *Casino Royale* em seu impressionante currículo, tem aquela compostura de seu ofício que parece ser nata aos dublês. Pular de edifícios altos é praticamente um dia de trabalho. Você sente que não há nada que um filme imponha que possa mexer com seu sangue-frio profissional.

Previsivelmente, Cooke tem uma importante função na criação de *Assassin's Creed*. Ao lado do diretor, ele é o principal responsável por coordenar e coreografar todas as principais sequências, tanto no passado quanto no presente. Cooke compara esse processo àquele de juntar uma série de quebra-cabeças tridimensionais feitos de cenas de ação que serão montadas em sequências de Assassinos a todo o vapor.

Ben Cooke diz: "Eu prefiro fazer as coisas em frente à câmera. Então, em vez de usar uma versão computadorizada de um personagem, eu faço para valer. Você percebe quando é uma pessoa de verdade saltando entre edifícios. Você pode sentir o peso que só vem de um dublê em carne e osso."

Tal fato, ironicamente, faz de sua adaptação uma espécie de retorno aos grandes filmes de faroeste e de espadachins do passado.

Para Kurzel, tratava-se de destacar que os Assassinos eram pessoas reais, embora dotadas de um talento extraordinário. "Eles são guerreiros naturais cujas habilidades foram dominadas ao longo de suas vidas e das vidas daqueles que vieram antes deles", ele diz. "Cada salto tinha que parecer absolutamente possível; precisava-se apenas de uma pessoa habilidosa para conseguir realizá-lo. Isso tornou-se uma espécie de orientação. Se o pulo parecia muito inacreditável, nós nos livrávamos dele. O salto tinha que estar no meio-termo; naquela zona de dois metros demasiadamente longos, sobre a qual você pensaria: 'Bem, um atleta olímpico poderia saltar.' Nós queríamos que as pessoas se maravilhassem com a superação humana diante do desafio, em vez de causar a impressão de que a conquista era relativa ao mundo dos super-heróis."

TOPO: *O mestre dublê Ben Cooke explica a Michael Fassbender a coreografia da luta na cena da ponte.*

À DIREITA: *Callum briga contra o efeito de sangramento, culminando em uma luta contra a memória de Aguilar.*

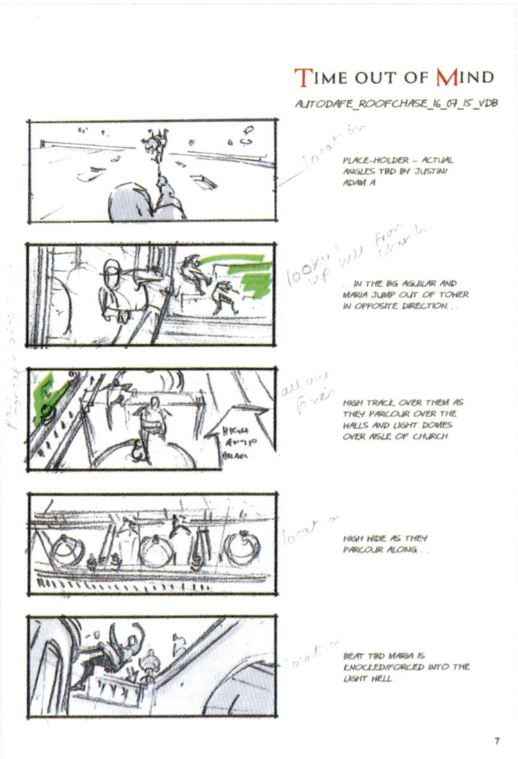
TIME OUT OF MIND
AUTODAFE_ROOFCHASE_16_07_15_VDB
PLACE-HOLDER – ACTUAL ANGLES TBD BY JUSTIN/ADAM A
.. IN THE BIG AGUILAR AND MARIA JUMP OUT OF TOWER IN OPPOSITE DIRECTION...
HIGH TRACK OVER THEM AS THEY PARCOUR OVER THE HALLS AND LIGHT DOMES OVER AISLE OF CHURCH
HIGH WIDE AS THEY PARCOUR ALONG...
BEAT TBD MARIA IS KNOCKED/FORCED INTO THE LIGHT WELL
7

TIME OUT OF MIND
AUTODAFE_ROOFCHASE_16_07_15_VDB
NO CUT
MARIA DROPS FROM ABOVE TAKING OUT TEMPLAR 1
NO CUT
SHE SLASHES TEMPLAR TWO WHILE AGUILAR TAKES OUT TEMPLAR 3
NO CUT
AND THEY RUN ON...
NO CUT
.. WE PAN THEM PAST
.. AND THEY JUMP OVER LEDGE
10

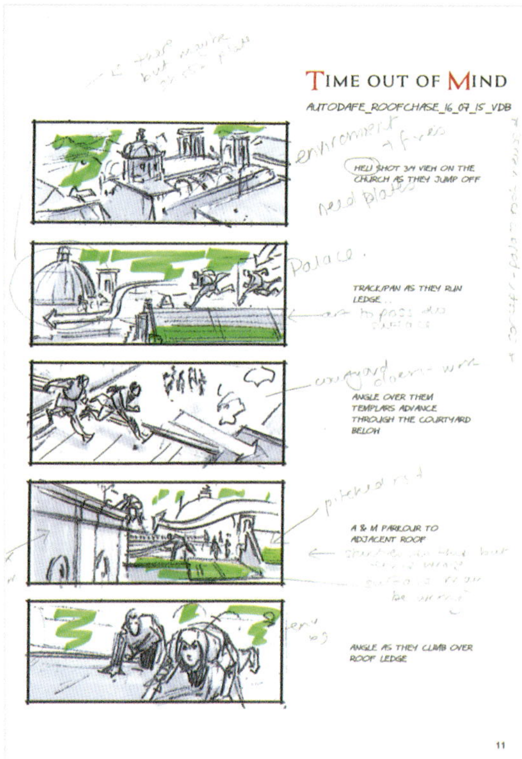
TIME OUT OF MIND
AUTODAFE_ROOFCHASE_16_07_15_VDB
HELI SHOT 3/4 VIEW ON THE CHURCH AS THEY JUMP OFF
TRACK/PAN AS THEY RUN LEDGE...
ANGLE OVER THEM TEMPLARS ADVANCE THROUGH THE COURTYARD BELOW
A & M PARKOUR TO ADJACENT ROOF
ANGLE AS THEY CLIMB OVER ROOF LEDGE
11

PÁGINA OPOSTA, TOPO: *Um dublê cai de um parapeito durante a perseguição do auto de fé.*

PÁGINA OPOSTA, INFERIOR: *Uma seleção de* storyboards *exibindo a fuga de Aguilar e de Maria por Sevilha.*

ABAIXO: *Apesar de a maioria das acrobacias ter sido feita nas locações, algumas cenas precisaram do cenário controlado do estúdio.*

Basicamente, o filme apresenta três sequências principais de ação alinhadas a cada regressão de Callum: a perseguição de carroça, a fuga do auto de fé e a incursão a Alhambra. Essas sequências foram, então, completadas por tomadas de ação feitas em estúdio, bem como os complexos requerimentos físicos de filmar o *Animus* e uma luta de larga escala na Abstergo, já no final do filme.

Foram necessários meses de treinamento. Primeiro, houve um intenso período de ensaios em que Cooke e sua equipe experimentaram diferentes ideias, as quais eles, então, gravariam e mostrariam para Kurzel, obtendo seu parecer. Em certas ocasiões, Cooke e sua equipe mostravam essas ideias para o diretor em pessoa. Então, para cada locação, Cooke precisava resolver como seria a instalação das treliças, das polias e dos guindastes, a provisão de reatores de água, e até mesmo de quantos parafusos ele precisava para fixar tudo em seus devidos lugares.

Um *storyboard* detalhado e pré-visualizações (denominadas "*pre-viz*", versões rudimentares de uma sequência de ação feitas em animação computadorizada) forneceram um guia, mas Cooke estava bem ciente de que, quando estivesse no chão (ou no telhado) de uma locação, tudo poderia mudar. Ele tinha de ser habilidoso para se adaptar às novidades de cada dia. "Existem certas limitações em uma locação

AS REGRESSÕES

DURANTE AS REGRESSÕES DE CALLUM, obtemos um significativo vislumbre do passado de Aguilar como um Assassino, quando o filme revela a cerimônia de sua iniciação no Credo.

Ela acontece em uma fortaleza moura, usada como um esconderijo pelos Assassinos — a uma hora de viagem ao norte de Almeria (e ampliada na pós-produção), onde aqueles que forem bem atentos conseguirão ver o símbolo da Irmandade dos Assassinos entre os pisos de mosaico. Essa cena também apresenta Maria e Benedicto, este que é como um mentor para o herói.

Rodeando Aguilar estão os Assassinos que cantam em uma só voz, então, Aguilar pega um cepo bastante peculiar. Esse item singular é o primeiro exemplo do artesanato primoroso feito para o filme. Como o cabo de uma espada desgastado pelo uso, a peça de madeira está manchada com o sangue de iniciações passadas. Por meio de um mecanismo oculto construído por Tim Wildgoose, o armeiro da produção, uma lâmina irá saltar para fora e cortar o dedo médio de um iniciado.

"Precisava ser algo mais cerimonial do que a mão sobre uma mesa", explica Nicholson. "Você não quer que o personagem mostre o dedo para as pessoas. Então, no final, acabei conseguindo um cilindro largo de marfim com detalhes em metal."

"Andy tem a perspectiva de um artesão", diz Bourdin, elogiando a dedicação de Nicholson aos pequenos detalhes. "Ele não aceita algo apenas por ter um formato bonito. Ele queria as marcas das ferramentas que criaram o objeto, para dar credibilidade."

À ESQUERDA: *A cerimônia de iniciação de Aguilar.*

TOPO: *Conceito do cilindro cerimonial que remove os dedos anelares dos Assassinos.*

A PRIMEIRA REGRESSÃO – A TOMADA DE GRANADA

Vista pela perspectiva de uma águia ibérica — na verdade uma *spidercam* montada em um cabo que desce 24 metros de altura rapidamente e quase acerta as cabeças dos figurantes — é a interpretação do filme para a Tomada de Granada em 1492.

Para nossa total entrada no passado, Kurzel percebeu que precisávamos da visão de um campo de batalha e, com pesquisa histórica, criou a representação de uma nação em guerra. Arqueiros, lanceiros e cavaleiros espanhóis lutam contra forças muçulmanas fora das muralhas da cidade.

Isso fez com que a equipe de dublês trabalhasse em sintonia com a equipe de efeitos visuais. "Fizemos os dois exércitos se aproximarem", diz Cooke, "e as pessoas correrem em direção umas das outras. E daí, fizemos outra vez." A equipe de efeitos visuais, então, iria sobrepor as imagens para multiplicar o número de soldados, repetindo o processo até eles conseguirem criar um exército. Mas, explica Cooke, elas são pessoas reais, não são geradas por computador. Cada soldado foi armado pelo ocupado departamento de arsenal de Wildgoose, responsável por conceber e fabricar uma coleção de armas para o filme. Se estivesse no roteiro que um Assassino cortou a garganta de um homem, Wildgoose criaria um design para tal lâmina. Se uma cena requisitasse trinta lanças com protetores de ponta de borracha, ele atenderia à demanda.

Para o armeiro, que já havia elaborado armas de todos os tipos, de *Troia* a *Guerra Mundial Z*, *Assassin's Creed* era um trabalho dos sonhos. "Há anos sou gamer", ele diz. "Joguei todos os jogos de *Assassin's Creed*." Um dos experts do jogo durante a produção, ele estima que 20% das armas do filme fazem referências diretas ao jogo. "Justin me perguntou se eu poderia sugerir as armas do jogo que seriam melhores para aparecer no filme. Os outros 80%, eu mesmo os desenhei."

Atravessando o campo de batalha, a história volta seu foco para Aguilar e seus companheiros Assassinos tentando resgatar o filho do Emir. O Príncipe Ahmed (Keemal Deen-Ellis) será arrancado das garras dos Templários, liderados pelo brutal Ojeda (o boxista que virou ator, Hovik Keuchkerian). Com Maria nas rédeas, os Assassinos tentam fugir com o príncipe em uma carroça puxada por cavalos, com os Templários perseguindo-os de forma determinada. O resultado disso será uma perseguição de carruagens como nenhuma outra.

ABAIXO: *Torquemada e Ojeda lideram os soldados espanhóis para a batalha.*

PÁGINA OPOSTA: *Ilustrações mostram a batalha de Granada.*

"Eu quis mostrar como esses guerreiros altamente habilidosos trabalham em veículos em movimento", diz Kurzel, "como as habilidades dos Templários e dos Assassinos foram capazes de operar nesse tipo de ação."

Cooke afirma que trabalhar com carroças movidas por cavalos não é tão diferente de filmar uma perseguição de carros. "Você só precisa que os carros movimentem-se, ou, nesse caso, as carruagens e os cavalos, com uma certa continuidade."

A perseguição, como todas as sequências de ação principais, funciona como uma história, criando suspense, trocando perspectivas, um retorno à linguagem dos grandes filmes de faroeste.

ACIMA: *Arte de Aguilar e Maria resgatando o Príncipe Ahmet.*

PÁGINA OPOSTA, INFERIOR: *Planos abertos da carruagem e de certas acrobacias foram filmados utilizando cavalos de verdade. Para as filmagens de planos fechados, a carruagem foi puxada por um carro.*

“Agora, é um pouco mais sofisticada”, diz Cooke. “Mas nós ainda sentimos nela aquele gostinho de velha guarda. Nós tínhamos dublês de verdade dando saltos e eles não estavam presos em cabos.”

Em vez de falsificá-la com um monte de câmeras portáteis, Kurzel filmou a perseguição com a clássica técnica de plano geral. “Você tem essa mistura de métodos antigos com atuais no filme”, Cooke observa. “É um paralelo interessante.” Até mesmo na produção do filme, há uma mistura de estilos modernos e tradicionais.

A SEGUNDA REGRESSÃO – O AUTO DE FÉ

A segunda das regressões de Callum nos empurra diretamente ao coração de um auto de fé, o aterrorizante ritual de penitência pública da Inquisição no qual os piores ofensores heréticos eram, famosamente, queimados na estaca. Estabelecido em Sevilha, mas filmado em Malta, aqui nós encontramos os Assassinos — Aguilar, Maria e Benedicto — capturados e acorrentados a estacas e rodeados por uma grande multidão que grita pelo início da incineração. Em termos de escala, é o mais ambicioso set do filme, sua mais icônica representação da Inquisição.

"Eu olhei e pensei: 'Será que foi assim mesmo?' Foi muito real", diz o produtor Frank Marshall, pasmo tanto com a grandeza do que eles construíram quanto com o fato de aquilo ter servido a tamanha crueldade humana. "A pompa disso tudo. Foi incrível."

“Essa foi provavelmente a coisa mais difícil das filmagens”, Fassbender estremece ao se lembrar da filmagem que durou uma semana. “Estava tão quente em Malta que, com as chamas, aquela arena parecia um tipo de frigideira. Muito, muito quente. Mas foi uma grande sequência.”

Já que, historicamente, o auto de fé começou suas execuções em Granada após 1492, a locação do filme foi realizada em Sevilha, onde a Inquisição enforcava suas vítimas antes de queimá-las na estaca.

Para criar a versão de Kurzel do auto de fé, eles propositalmente construíram uma arena completa, incluindo o acesso e os telhados ao redor, como se estivesse situada dentro das muralhas da cidade. Eles povoaram a arena com uma multidão e chamas de verdade tocando os atores. Kurzel e o cinegrafista Adam Arkapaw tinham feito maravilhas com um incêndio em *Macbeth*, e eles quiseram fazer algo igualmente aterrorizante no filme.

TOPO: *Arte inicial do auto de fé. Quando a cena foi filmada, a multidão com as efígies reuniu-se em cadeiras de madeira.*

PÁGINA OPOSTA, INFERIOR: *Um artista trabalhando no design do trono do Rei Fernando.*

INTERCALADO: *Kurzel lê o roteiro sentado no palco real.*

"Havia uma série de arquibancadas em volta do palco central", descreve Nicholson. "Eu sabia de antemão que seriam feitas de madeira, mas a marcenaria seria no estilo gótico, o mesmo que você encontra na Catedral de Sevilha, bastante sombria. Tinha um visual bastante impressionante sob a luz clara e solar de Malta. Então, havia o aspecto papal, de pessoas assistindo à Inquisição, e havia também a ralé que ali estava para se divertir."

O detalhe era inspirador. Grandes toras foram erguidas para apoiar toldos de tecido indiano feito à mão. Isso deu um toque cerimonial e serviu para resguardar a multidão. Uma igreja próxima, repleta de andaimes, sinaliza uma potencial rota de fuga — o tipo de pensamento tridimensional que Nicholson absorveu do jogo.

Sobre uma plataforma elevada, conferindo um ponto de vista excelente das execuções, estavam tronos ornamentados de madeira, feitos à mão, com um mogno preto-piche de aparência antiga, tendo o mais alto deles quase 2,5 metros de altura. Esses seriam ocupados pelo Rei Fernando (Thomas Camilleri), pela Rainha Isabel (Marysia S. Peres) e por Torquemada (Javier Gutierrez), o maligno Inquisidor.

Usar efeitos visuais para recriar a multidão teria sido uma traição à sua visão. Em vez disso, eles contrataram 800 figurantes para recriar a sequência que rivaliza com os grandes épicos históricos dos antigos tempos do cinema. Cada um tinha sua própria maquiagem, um trabalho feito por 45 maquiadores, posicionados em uma enorme tenda. Cada figurante também usava trajes originais.

A multidão entrou em uma gigante procissão carregando bandeiras papais e pagãs. Tina Jones estava particularmente orgulhosa das efígies montadas em estacas de 4,5 metros — 30 cabeças de gárgula ao estilo vodu feitas de madeira e ossos. Como Kurzel deduziu, elas seriam usadas para provocar as vítimas nas estacas. "Nós apenas fomos mais além", diz Jones.

Kurzel estava animado para descrever como o mal era investigado e celebrado pelos costumes e pela iconografia durante a Inquisição. "Tudo se resumia a Deus e o Diabo", ele observa.

ACIMA: *O cenário finalizado com os figurantes em posição.*

PÁGINA OPOSTA, INFERIOR, À ESQUERDA: *Ariane Labed conversa com Kurzel, enquanto está acorrentada numa estaca.*

PÁGINA OPOSTA, INFERIOR, À DIREITA: *O cenário sendo montado.*

À DIREITA: *Esboços dos postes de execução e de uma efígie.*

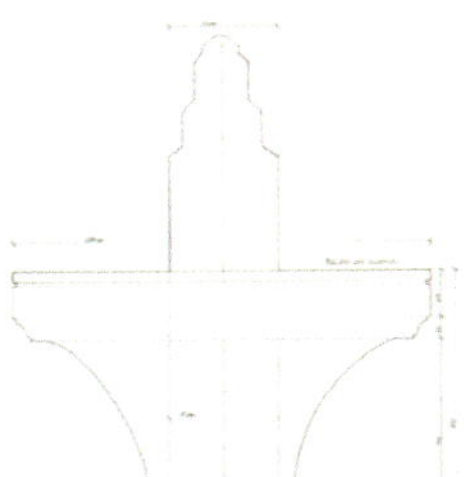

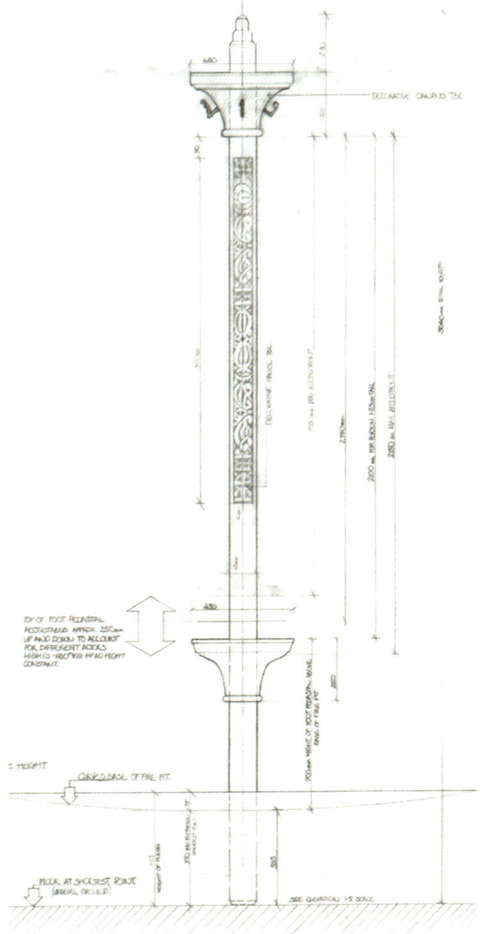

"Eu estava realmente inspirado pela ideia de esses personagens, os Assassinos, serem anunciados como os filhos do Diabo."

Na base de um chafariz na Abstergo, Jones e sua equipe colocaram pequenas réplicas das mesmas cabeças de gárgula. Ela também explica que na casa, no Novo México, onde Callum vive quando garoto, Kurzel achou que seria legal se a câmera enquadrasse os estranhos móveis de temática nativa feitos de fragmentos de ossos e penas. "Nós pegamos essa referência das efígies", ele comenta a respeito do entrelaçamento de temas no filme.

Toda a sequência é impregnada de simbolismo religioso e semirreligioso. As estacas, ou postes de execução, são esculpidas de forma intricada com um misto de símbolos celtas e mouros, bem como a referência de Nicholson ao artesanato em madeira da Catedral de Sevilha.

"Nós tínhamos uma completa licença artística", diz Jones, "porque, na realidade, se você vai queimar algo, isso não será tão esculpido e bonito, mas visualmente isso é muito mais

ABAIXO: *Trabalho de arte do auto de fé.*

PÁGINA OPOSTA, TOPO: *O cenário completo do auto de fé.*

PRÓXIMAS PÁGINAS: *Muitas das efígies foram inspiradas em imagens pagãs e o uso de crânios como um símbolo para a morte. As máscaras para os oitocentos figurantes foram feitas à mão.*

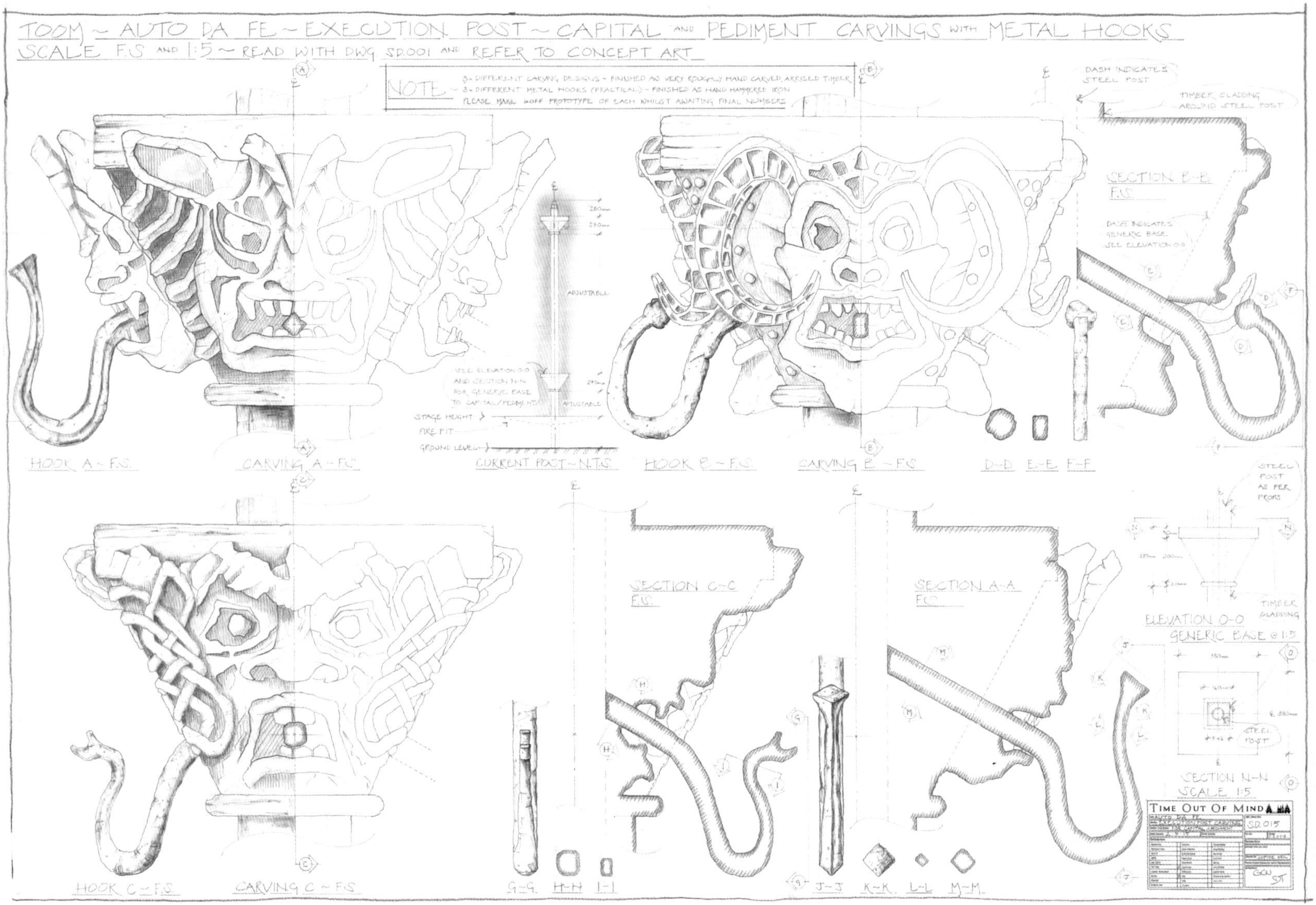

interessante." Ela percebeu que, com os heróis acorrentados a esses postes, eles ficariam muito tempo no enquadramento.

O fogo causou problemas singulares para a equipe de dublês. Isso não apenas exigiu áreas de segurança cuidadosamente delimitadas, como também roupas protetoras e um controle preciso das chamas via gás canalizado, mas Kurzel também queria *close-ups* com diálogos. "Efeitos visuais estarão envolvidos", admite Cooke.

Compreensivamente, com chamas a centímetros de sua cabeça, Aguilar preferiria não ficar muito tempo ali. Uma proposta espinhosa que fica ainda pior pelo fato de ele e Maria estarem acorrentados juntos e precisarem trabalhar em equipe na luta a seguir. A questão de como um Aguilar algemado conseguiria se livrar da estaca foi uma das primeiras coisas que Cooke e sua equipe discutiram. "Foi tipo, OK, como Houdini sairia dessa?"

Por sorte, eles tinham seu próprio Houdini no sereno Walters. "Minhas mãos estavam amarradas no poste, então, elas estavam por cima de minha cabeça. Basicamente, virei minha cabeça em 180 graus para encarar o poste, daí eu o escalei e desamarrei minhas mãos com uma cambalhota para trás. O que foi um desafio."

Ele pausa para refletir sobre seu dia mais duro no set. "Foi brutal aquele dia. Aquela semana inteira na verdade: fazia uns 38°C, havia centenas de figurantes e estava bastante empoeirado e enfumaçado. No entanto, o resultado foi bom. Muito bom."

TOPO: *Projetos iniciais para os postes de execução.*

PÁGINA OPOSTA: *Algumas das acrobacias e efeitos práticos presentes na cena do auto de fé.*

Escapar da pira é apenas o início de uma extraordinária sequência de ação inspirada pela mesma dinâmica intensa do jogo. Perseguidos por Ojeda e pelos soldados Templários, os Assassinos irão subir nos andaimes da igreja e saltarão sobre os telhados de Sevilha, pulando entre paredes e vãos, caindo sobre varandas e até mesmo tomando atalhos *através* de edifícios, até terminarem no telhado da Catedral de Sevilha (um set, reforçado por CGI, construído em Malta). Suas habilidades de *parkour* deliberadamente coincidiam com os movimentos marcantes do jogo.

"Tratava-se da maneira pela qual você pode utilizar uma cidade semelhante a Sevilha como uma pista de obstáculos", diz Kurzel.

Quando Aguilar salta através de uma janela para dentro da casa de um nobre e começa a correr rapidamente por uma série de corredores intermináveis, Jones estava determinada que nada do interior seria previsível. Você consegue ver, momentaneamente, um fabricante de flechas com pilhas de penas e aves em gaiolas.

"Então, enquanto eles corriam, haveria nuvens de penas no ar", explica Jones. "Daí eles correm por uma sala de fumo, uma cozinha, uma área de tingimento com paredes coloridas, todas essas salas de época. Ficou muito interessante em termos visuais."

Marshall descreve a cena mais como balé do que ação. "Essa é uma versão mais estilizada do *parkour*."

Embora sempre no limite do que era fisicamente possível, as sequências de ação nunca foram executadas para fins de exibicionismo. Cooke e sua equipe responderam às necessidades da história, ganhando a confiança de seu diretor. Se eles planejaram uma escalada de aranha — em que dois Assassinos, de costas um para o outro, com seus pés posicionados em paredes opostas, arrastam-se para cima — foi porque era o modo mais prático de levar os personagens de A para B.

ABAIXO: *Assim como nos jogos, o* parkour *e a verticalidade desempenham um papel importante no estilo visual do filme.*

PÁGINA OPOSTA, TOPO: *As algemas e correntes de Maria e Aguilar tornam-se os meios pelos quais eles lutam e escapam.*

PÁGINA OPOSTA, INFERIOR: *Os* slackliners *profissionais filmando uma cena em que os Assassinos correm por um estandarte.*

“Justin queria que o resultado fosse o mais verossímil possível”, diz Walters, estimando que 80% dos trabalhos de dublê no filme acontecem no passado. “Então, você está, na verdade, pulando desses edifícios. Era raro que houvesse qualquer fio para segurança. Nós apenas colocamos colchões de ar no chão, para o caso de alguém cair.”

Enquanto o roteiro dizia que Aguilar e Maria permaneciam acorrentados apenas na cintura, Kurzel decidiu aumentar a intensidade da cena. Walter ri tristemente: “Estávamos acorrentados pelo pescoço. Nossos pés e mãos estavam acorrentados. Como você consegue lutar com suas mãos e pés amarrados?”

A verdade é que isso os inspirou. À medida que os personagens unidos saltavam por entre os edifícios, Walters decidiu que Aguilar daria uma cambalhota. “É espetacular”, exclama Cooke. “Eles ainda estão acorrentados!” Quando sua corrente de metal é finalmente rompida (por um golpe de machado no momento exato), Aguilar transforma a corrente solta em uma arma, chicoteando em volta de seus oponentes, ou enrolando-a em sua mão como um soco inglês. Todos esses diferentes elementos uniram-se em um contínuo estado de movimento — a alma do filme.

E se, de alguma forma, as habilidades de Walters não davam conta, eles traziam especialistas. Em um breve, quase pacífico, momento na perseguição, os Assassinos em fuga chegaram a um beco com bandeiras espalhadas entre os peitorais das janelas, então, Cooke resolveu que eles iriam atravessar o caminho por meio de *slackline*. Essa sequência exigiu a *expertise* dos campeões mundiais da Estônia.

O *slackline* envolve andar sobre uma cinta (um tipo de cabo de tecido usado para conter cargas em caminhões abertos) justa o suficiente para manter o equilíbrio. “Esses caras conseguem caminhar nela, dar cambalhotas, correr nela”, diz Walters. “Não parece real. A parte central do corpo não se move, apenas seus braços e pernas. É a coisa mais surreal que já vi.”

O SALTO DE FÉ

No topo das acrobacias que definem o universo de *Assassin's Creed* está o Salto de Fé. Esse feito impressionante é alcançado por um Assassino escalando uma localização vertiginosamente alta — topo de árvores, torres, minaretes ou a Catedral de Notre-Dame — para então saltar, com os braços estendidos, esperando que ele ou ela venha a aterrissar em um monte de feno (ou equivalente). A emocionante personificação da ânsia de liberdade dos Assassinos, o mergulho é temporariamente transformado em um voo.

Dada sua importância para a franquia, e também o espetáculo que apresentava, Justin Kurzel percebeu que era crucial criar um Salto de Fé cinematográfico. "É um ótimo conceito, a ideia de acreditar em seus instintos e nas vozes de sua cabeça que dizem 'Você pode fazer isso'", ele explica. "Tais vozes são, na verdade, vozes do passado."

O Salto de Fé personifica a jornada de Callum. No começo do filme, ele não tem o necessário dentro de si para saltar. Então, como diz Kurzel, "É sobre o momento no qual ele percebe que há uma energia dentro de si que o tranquiliza para saltar de um edifício para o nada, e saber que vai sobreviver."

Eles poderiam ter filmado sobre uma tela verde ou usado o dublê virtual de Michael Fassbender, mas Ben Cooke sabia que, se eles fizessem para valer, esse seria não apenas o momento icônico do filme, mas de toda a história cinematográfica. "Ninguém mais faz isso", ele disse para seu diretor. Kurzel não precisou de muita persuasão.

Damian Walters, o dublê de 33 anos de Fassbender, era um homem totalmente preparado para saltar de alturas que desafiam a morte em prol da arte. "Se você não consegue executar uma queda alta nesse filme, você não conseguirá fazê-la em nenhum filme", ele diz enfaticamente. No início, estava previsto que o dublê saltaria de 9 ou 12 metros de altura em frente a uma tela verde, mas o próprio Damien sugeriu que eles quebrassem o recorde mundial realizando o Salto de Fé de 38 metros no ar.

Walters, um grande fã do jogo, planejava seu próprio vídeo de um Salto de Fé — de uma torre de igreja em sua cidade natal de Derby, no Reino Unido — quando Cooke o convidou para juntar-se à versão filmada de *Assassin's Creed*.

"É a última parte da segunda regressão", diz Walters, identificando a locação ficcional em Sevilha, onde Aguilar irá saltar da torre da catedral. Na verdade, eles filmaram a cena sob a maravilhosa luz de Almeria, usando quatro câmeras, incluindo uma câmera em um helicóptero e outra em um equipamento de queda, o qual o seguiria salto abaixo.

Walters desenvolveu o feito gradualmente, executando saltos com alturas crescentes, dominando a física da queda. "Começamos com 22 metros, então, 24 metros, 28 metros, 30 metros, 34, 38. Apenas aumentando e aumentando, para ver quão alto conseguíamos chegar."

Cada altura difere significativamente, cada uma com o seu "tempo de caída" — o tempo que Walters tinha no ar antes de acertar o colchão inflável de 10x10 metros. "A queda não é o problema", explica Walters, "porque você está alterando sua posição corporal para tentar ajustar a forma como irá aterrissar."

Em um salto normal, se você está caindo muito rápido, você tenta alargar a sua superfície de contato com o ar para reduzir a intensidade de sua queda. Se você não está caindo rápido o bastante, você tenta diminuir sua área de superfície, aumentando a sua velocidade. É tudo uma questão de aerodinâmica e, notavelmente, o equilíbrio de um dublê no ar.

"Mas o problema com o Salto de Fé é o formato que ele mantém durante todo o caminho para baixo no videogame", explica Walters. "E toda vez que você aumenta 3 metros, é um tempo de queda diferente e um diferente ângulo. Você está dando um chute calculado, mas ainda assim é um chute."

Realmente, para o seu ensaio a 22 metros, justamente quando ele saltou da plataforma, braços estendidos como asas, ele escutou alguém gritando do chão. "Eu achei que estivessem gritando para mim", diz Walters. No dia anterior, eles haviam cancelado um salto por conta do vento forte, ameaçando soprar a cama de aterrissagem para longe, então, ele estava mais cauteloso que o normal. "Foi uma pena. Então, eu olhei para baixo. Eu vi que a cama estava OK, mas sabia que meu ângulo estava errado. Então, eu me encolhi na metade do caminho. Em metade da queda, eu não estava olhando para a cama. Estava apenas esperando, esperando e esperando pelo grande impacto. Após isso, eu disse, 'Por favor, pode todo mundo ficar quieto?'"

"Ele disse isso como se alguém tivesse dado uma pancada em sua cabeça, usando um bastão de críquete", diz Michael Fassbender. "Então, eu perguntei a ele: 'Você realmente quer bater um recorde?'"

Há algo heroicamente imperturbável em Walters. Alguns dias depois, ele lançou-se de 38 metros e, em uma tomada, executou o Salto de Fé do filme.

"Foi bastante espetacular, preciso dizer", Fassbender diz com satisfação.

A TERCEIRA REGRESSÃO — A ALHAMBRA

A terceira e última regressão nos leva, finalmente, para a glória de Alhambra. No entanto, apesar de todas as súplicas de Sol, a Corte dos Leões de Alhambra estava estritamente fora dos limites para as filmagens. Então, eles utilizaram as 2.500 fotos que Sol tirou do sítio histórico para recriar porções das mais famosas edificações da Espanha.

"Usei minha mão para mostrar a escala e meu braço para mostrar o tamanho, para ajudar Andy o melhor que pude", Sol recorda. "Isso realmente ajudou com os detalhes." A pesquisa altamente específica de Sol incluiu o tipo de telhas que usaram no telhado e a vegetação local. Ela encontrou um mapa de Granada datado de 1491 e fez cópias para o departamento de efeitos visuais providenciar panoramas da cidade. Quando ela visitou o set em Malta, ficou maravilhada com sua exatidão.

Nicholson admite que foi um set bastante caro para construir, mas não há como dar um jeitinho numa das mais famosas edificações da Europa. Ele explica: "Nós construímos a Corte dos Leões e uma porção de casas de banhos que foram adaptadas para a história." Então, há um compartimento secreto, localizado na parede, onde a Maçã do Éden foi escondida. Foi necessário providenciar uma grade para fornecer uma rota de fuga para Aguilar.

Ecoando o controle gradual de Callum sobre o *Animus*, a terceira regressão encontra Aguilar e Maria tomando controle de sua missão para proteger a Maçã do Éden. Eles deixam a corte de Torquemada em um estado de confusão após jogarem bombas de fumaça.

Segundo Ben Cooke: "As bombas de fumaça eram essenciais. Isso era a alma do que eles fazem como Assassinos. Então, eu acho que foi uma escolha bastante inteligente. Justin também defendeu a inclusão da sequência de bombas de fumaça."

Após os arredores largos da perseguição de carroças e as vistas dos telhados de Sevilha, as coisas ficaram mais contidas e claustrofóbicas. Não que isso fosse mais fácil de gerenciar. "É difícil controlar a fumaça", diz Cooke, ciente da obviedade da afirmação. "É como pastorear gatos. Ela faz o quer, e aí o vento muda."

ABAIXO: *Uma réplica exata da Corte dos Leões construída para o filme.*

PÁGINA OPOSTA, TOPO, À ESQUERDA: *Maria ataca um soldado Templário depois de saltar do telhado do pátio.*

PÁGINA OPOSTA, TOPO, À DIREITA: *Kurzel demonstra a pose para o assassinato de Maria.*

PÁGINA OPOSTA, INFERIOR: *Ojeda prepara-se para arremessar Aguilar.*

PRÓXIMAS PÁGINAS: *Ilustrações mostram a Corte dos Leões.*

As bombas, do tamanho de uma granada de mão, foram desenhadas por Wildgoose para funcionarem de verdade. Feitas de vidro, você as quebra no chão e a fumaça sai. Com a ajuda do departamento de efeitos práticos, eles encheram a sala com uma densa neblina. Cooke tinha de coreografar uma luta em que os dublês sabiam suas posições, mas não conseguiam ver onde estavam em relação às câmeras.

Segundo Wildgoose esclarece: "Logo no início, Michael deixou claro que todas suas lutas seriam bem próximas e pessoais. Alguns dos outros Assassinos têm espadas e Benedicto tem uma grande alabarda, que é mais para combate a distância. Mas Michael sempre quis que fosse um tipo de luta bem íntima."

"É um modo bastante eficaz de matança. É bastante direto. Pow! Você está morto, é isso", reitera Walters sobre as técnicas degoladoras de Aguilar. "Obviamente, se você faz muito isso no filme, pode acabar saturando, então, você tem que incrementar."

Essa regressão também incluirá o tão aguardado confronto entre Aguilar e Ojedo, o brutamontes Templário, o qual Kurzel alegremente descreve como "uma cena tirada de *Touro Indomável*." Isso foi, ele diz, sobre lutar de uma forma bastante íntima, mostrando suas habilidades.

Perseguido pelos homens de Torquemada, Aguilar foge através dos túneis, encontrados por Sol, embaixo de Alhambra, para as muralhas da cidade. Dada a falta de acesso à Alhambra verdadeira, o substituto perfeito foi encontrado num dos mais antigos fortes de Malta, que possuía um labirinto de corredores dentro de suas paredes. O único problema é que a fortaleza em ruínas fora usada como chiqueiro. Era uma locação surreal perto do mar, e se você se atrevesse a descer através de seu labirinto, iria encontrar um canhão de 100 toneladas saindo da parede.

"Era um forte vitoriano que nunca tinha sido utilizado como tal", diz Nicholson. "Ele foi usado como um chiqueiro pelos últimos 50 ou 60 anos. Quando Malta juntou-se à União Europeia, tornou-se ilegal criar porcos no subsolo."

"Os dublês estiveram lá muito mais tempo que eu", Marshall ri. "Foi quando precisei voltar para o hotel para tratar de umas papeladas."

PÁGINA OPOSTA, TOPO: *Brutal e cruelmente eficiente, Ojeda prova ser um adversário desafiante para os Assassinos.*

PÁGINA OPOSTA, INFERIOR: *Detalhes do cenário de Alhambra.*

TOPO: *A troca pela Maçã do Éden.*

ACIMA: *Bomba de fumaça.*

OS FINOS DETALHES

Enquanto filmar nas locações e fazer o filme tão tangível quanto possível vinham sendo a ênfase, aperfeiçoar o passado exigia o uso de aprimoramento digital. Isso não significava apenas a remoção de intrusões modernas como cabos de televisão e antenas de satélite e a geração, em computadores, de paisagens urbanas para planos gerais, mas também os ajustes na história.

Inusitadamente, Nicholson ficou no estúdio, durante a pós-produção, trabalhando com a equipe de efeitos visuais para, em suas palavras, "manter a consistência e a autenticidade" do design do filme.

Um pequeno porém em sua missão pela autenticidade: a capital de Malta datava cerca de 70 anos após o período escolhido. Valletta havia sido destruída no começo do ano de 1500 por um terremoto e foi lentamente reconstruída a partir de 1560. Também era uma parte diferente da Europa.

Nicholson explica que "Malta era uma grande base de onde começar. Dava a você uma variedade de edificações antigas bem conservadas, mas nós tivemos de criar esse método de sobrepor a arquitetura

NESTAS PÁGINAS: *Trabalho de arte da Sevilha histórica e da área em torno do auto de fé.*

do século XV e a arquitetura de Valletta." Isso foi feito com a adição de fachadas mouras e a substituição dos telhados planos de Malta pelos de estilo angular comuns em Sevilha. A aparência da cidade, na qual domina a segunda regressão, foi seu foco principal.

A maior parte da pós-produção de Nicholson foi centrada na criação de ativos digitais: "Para transformar uma varanda de Valletta em uma varanda moura da Sevilha do século XV, eu pesquisei e desenhei dez delas para usá-las quando fosse necessário." No final das contas, tratou-se da retirada do trabalho de adivinhação e de manter um nível sem precedentes de recriação histórica.

De acordo com Kurzel: "Tanto quanto possível, tentei fazer o passado parecer o máximo autêntico, porque eu acho que essa é uma grande característica do jogo. É uma das razões pelas quais as pessoas são tão fascinadas por ele — ele tem uma integridade histórica; não é fantasia."

NESTAS PÁGINAS: *Arte conceitual da catedral espanhola onde Aguilar irá realizar o seu Salto de Fé.*

CAPÍTULO 5

TRAJES E ARMAS

EXPRESSANDO E ECOANDO O PERSONAGEM

SE O REALISMO FOI A PALAVRA DE ORDEM PARA A CONSTRUÇÃO dos edifícios dos mundos paralelos de *Assassin's Creed*, a mesma palavra se aplicaria aos trajes e às armas. Justin Kurzel foi enfático nesse ponto: "Logo no começo, eu disse que queria materiais que parecessem reais, como se fossem provenientes daquele período, em vez de algo *cartunesco*." Em todas as situações, ele nunca permitiu que se perdesse o traço daquilo que era crível. Até os padrões de fala dos personagens tinham de ser autênticos.

O instrutor de dialeto Neil Swain, que trabalhou em filmes com uma grande ênfase no diálogo como *O Discurso do Rei* e *As Sufragistas*, e trabalhou com Michael Fassbender e Marion Cotillard em *Macbeth*, foi trazido para refinar os diálogos do filme com todo o elenco.

"Faz sentido porque parte do filme acontece na Espanha do século XV", diz Swain, "e nós tínhamos atores espanhóis e duas atrizes francesas que não tinham o inglês como primeira língua."

Além disso, qualquer cena na Espanha do século XV tinha de ser filmada com os atores falando com sotaque espanhol. Swain diz: "Era realmente importante para Justin e Michael respeitar esse mundo diferente. Esse jogo é basicamente sobre viajar entre tempos diferentes. Mas nós também fizemos a versão em inglês, porque daria a possibilidade de escolha a Justin e ao estúdio."

Desse modo, qualquer ator nas sequências da Inquisição deveria saber suas falas tanto em inglês quanto em espanhol, mantendo a mesma intensidade em ambas. "O coitado do Javier Gutierrez, que interpreta Torquemada, tem algumas falas bem grandes para o público", diz Swain. "Eles são bastante shakespearianos em seu escopo, com um monte de referências bíblicas."

Enquanto isso, Fassbender também tinha de criar estilos diferentes de voz para Callum e Aguilar. Aguilar seria mais reservado, colocando mais ênfase na comunicação implícita dos Assassinos. Swain a

À ESQUERDA: *O traje de Torquemada inclui diversas cruzes, tanto para sinalizar seu status como um frade quanto para ser uma alusão à cruz Templária.*

ACIMA: *No começo, a conexão de Callum com as outras cobaias não se estende a Nathan.*

compara com a comunicação, quase zen, entre monges budistas, que deriva de suas crenças compartilhadas. "Quanto a Callum, ele é bastante vocal e usa bem a linguagem", diz Swain.

A experiente figurinista Sammy Sheldon, que trabalhou em filmes tão diversos quanto *Homem-Formiga* e *O Jogo da Imitação*, estava muito ansiosa com seu trabalho no projeto, provando ser uma fonte de conhecimento em seu complexo processo de pesquisa. "Eu amo pesquisar", ela diz. "Você tem sua pesquisa histórica e você tem sua pesquisa de personagem, que é mais emocional. Ou mais abstrata, mais elementar. Muitas das vezes, tento saber se alguém é mais caloroso ou frio. Há alguma parte de um animal com que você possa relacionar a eles? O que eles comem no café da manhã?" Ela trabalhou próximo a Kurzel e Andy Nicholson para manter a harmonia entre suas ideias e todos os conceitos de design: cores, motivos e temas tinham de estar alinhados.

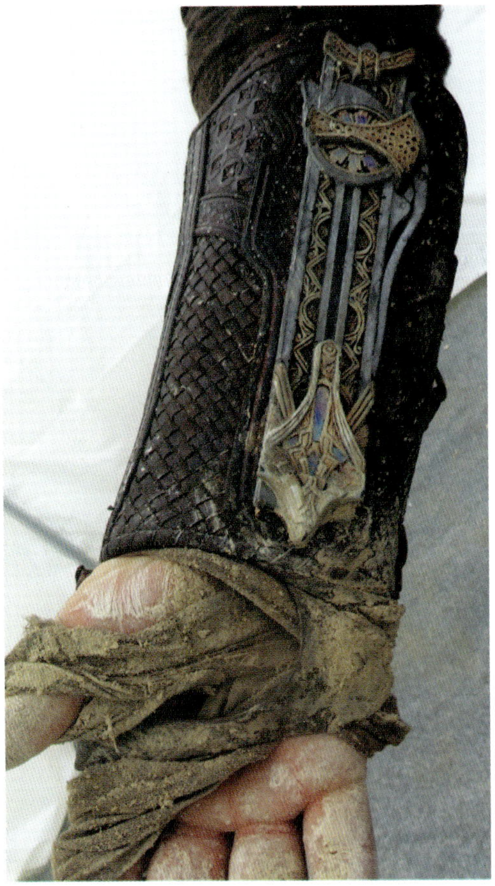

AGUILAR

UM DOS CHAMARIZES DE *Assassin's Creed* para Fassbender foi o desafio de assumir o lugar de dois homens importantes, intimamente conectados por seu DNA. Eles eram personagens distintos, pessoas diferentes, mas os espectadores precisavam sentir a conexão que se estendia em um espaço de mais de 500 anos.

O papel duplo também estabelece um desafio parecido em termos de design de figurino — eles precisariam ser distintos, mas conectados. Confinado na Abstergo, a aparência de Callum fica entre paciente e prisioneiro. Ele foi despojado e deixado com o mínimo, e Sheldon pensou em uma influência japonesa, com duas peças feitas de um tecido fino. "Você tem linhas angulares nelas", ela aponta, "de modo que elas não formam retas. Ele está vivendo em um mundo de Templários. Você precisa mostrar um pouco dos Templários e dos Assassinos ali."

Para o momento em que Callum abraça seu destino, Sheldon deu a ele um casaco e um capuz que, deliberadamente, remetiam às linhas da capa de Aguilar. "É tudo assimétrico", diz ela. Em outras palavras, livre da ordem dos Templários.

Com relação a Aguilar e aos Assassinos na Espanha do século XV, Kurzel estava bastante interessado na influência moura e em como trazer um toque mais tribal. Uma das marcas visuais mais memoráveis de *Macbeth* havia sido o misticismo pagão misturado à sombria grandeza católica na Escócia medieval. Era um ponto de vista emocionante da história.

"Eu queria que os Assassinos representassem o livre-arbítrio quase como ciganos e viajantes, então, seus trajes tornaram-se uma coleção de influências", diz Kurzel. "Eu também queria que os materiais parecessem gastos; não queria que parecessem artificiais, no sentido de não haver marcas neles. Eles tinham de ter personalidade e caráter. Eu acho que eu não estava me importando muito que os trajes parecessem bonitos."

Dar aos Assassinos a pintura facial criada por Kurzel forneceu a eles um ar de laços tribais e reforçou sua individualidade, a qual os Templários enxergam como herética e pagã. Há algo sobre eles que vem desde antes da religião.

ANTERIOR: *Esboço do design do traje de Aguilar.*

ACIMA: *A lâmina oculta utilizada para tomadas de primeiro plano é completamente funcional e altamente detalhada.*

"Não estamos apenas fazendo a Espanha do século XV", diz Sheldon. "Estamos fazendo nossa versão da Espanha do século XV, influenciada pelas lindas raízes dos povos vindos da África e da Pérsia."

Os Assassinos deveriam parecer como se tivessem vindo de algum outro lugar, mas de nenhum lugar que você reconheceria. Eles são mundanos e nômades. Uma "enorme teia de aranha" de influências foi, literalmente, costurada em seus trajes.

Sheldon iria tanto aderir à história como a aperfeiçoaria, com o universo de *Assassin's Creed* sempre em seus pensamentos. Logicamente, Sheldon teve em mente começar com o game e a bíblia de informações providenciadas pela Ubisoft. Ela deleitou-se com o que descobriu. A estética dos Assassinos tinha sempre um formato de asa, bastante fluida e orgânica, especialmente se comparada às rígidas geometrias do design Templário.

"Esse é um simbolismo muito simples de se levar em conta", explica Sheldon. "Não há nenhum ponto que rompa esse modelo, porque, afinal de contas, estamos produzindo um filme que se baseia nesse mundo." Não importa qual seja a questão, todos os jogos mantêm essa movimentação de águia inserida no aspecto dos Assassinos. Isso envolvia não somente a liberdade física deles, mas também o fato de serem fora da lei, livres de qualquer sistema de regras, a não ser o de seu próprio credo.

NESTAS PÁGINAS: *Dezenas de maquiadores dão aos dois exércitos uma aparência realista.*

O game foi simplesmente um início a partir do qual explorariam um emaranhado de possibilidades. Segundo Sheldon: "Você não pode se prender muito a isso. Você precisa ser fiel ao seu roteiro e ao que o seu diretor quer. É preciso apenas calcular de modo que isso ganhe vida própria."

Repetidamente, produtores e diretores retornaram ao conceito da história viva, ao conceito de que o passado envolverá o público tal como envolve Callum, desamparado, atado ao *Animus*. Eles não queriam nada que parecesse muito familiar em termos de história, de cinema ou de games. Isso tinha de parecer real, não prescrito.

Não havia, contudo, como fugir do capuz. Ele era essencial. Ao longo da vasta saga de *Assassin's Creed*, o capuz que encobre a face do Assassino se tornou tão icônico quanto a máscara do Batman.

"Eu acho que há algo realmente atraente e sedutor sobre os capuzes", reflete Kurzel. "A parte mais legal de toda a franquia é o capuz."

Ele é a pedra angular de toda a iconografia dos Assassinos, que os define como furtivos, uma figura de mistério. Assim que o nosso galã-protagonista foi anunciado em julho de 2012, os fãs levantaram a questão mais evidente: quão legal ficaria Michael Fassbender de capuz? A pergunta veio logo após a primeira imagem ser liberada para o público em agosto de 2015, revelando o ator como Aguilar, com suas lâminas ocultas sacadas em sua pose clássica e sua face coberta por um manto acinzentado no qual o símbolo dos Assassinos fora bordado.

ACIMA: *Os detalhes do traje de Aguilar.*

PÁGINA OPOSTA: *Diversas armas criadas por Tim Wildgoose, incluindo uma besta Assassina, a clava de Ojeda e a arma guilhotina de* Assassin's Creed: Unity: Dead Kings.

"Nós, provavelmente, fizemos cerca de 20 ou 30 testes, tentando replicar o capuz a partir de todas as coisas que as pessoas queriam", diz Sheldon. Ela estava em um malabarismo não só para atender às expectativas dos fãs, mas também às da Ubisoft e da New Regency, e, especialmente, ao que era necessário aos atores. "Quando você observa o game, os personagens podem manipular essa parte do tecido da maneira que eles quiserem, e ele ainda vai fluir na direção certa. Se o personagem virar a cabeça, ele não amarrota. Mas isso não funcionaria com tecido real."

Nesse caso em particular, a história não exatamente cooperou. Capuzes eram usados no século XV, mas eles geralmente tinham uma ponta no topo. O capuz é um dos aspectos que colocam os Assassinos levemente fora de sua linha do tempo. Sheldon explica: "Não poderia ser muito frouxo porque pareceria com a Chapeuzinho Vermelho."

O capuz precisava se mover junto com o ator. Se Fassbender virasse sua cabeça, o tecido precisava acompanhá-lo. Mas ele precisava ser rígido o suficiente para ficar no lugar quando Fassbender corresse.

Como Kurzel explica: "Nós fazíamos pequenos truques, como prender a borda do capuz com um fio, ou ter uma touca por baixo à qual o capuz se prenderia para evitar que ficasse se mexendo para lá e para cá. Havia um monte de truques diferentes para fazer com que o capuz magicamente se assentasse em sua cabeça."

Ao fim desse exaustivo e enlouquecedor processo de tentativa e erro, eles chegaram quase precisamente ao ponto em que haviam começado — o jogo. Claramente, os designers do jogo já haviam passado por suas próprias agonias de Pesquisa e Desenvolvimento, e o capuz do filme tem um ar histórico fortemente misturado ao característico aspecto de uma asa do capuz do jogo.

Sheldon ri: "Você não poderia imaginar que capuzes seriam tão complicados, mas, meu Deus, eles são."

Além disso, cada Assassino no jogo requeria seu próprio capuz característico atado em seu traje e personagem. "Eu tinha alguém bordando o brasão em cada um dos capuzes dos Assassinos", ela explica. "É muito subliminar. Você consegue ver no de Aguilar, mas daí, nos dos outros, ele fica menos visível; em alguns, apenas uma linha pode ser vista, mas o símbolo está lá em todos eles."

Para o departamento de figurino, todo o universo dos Assassinos orbitava Aguilar. Esse universo era o foco do filme. Os figurinistas precisaram resolver todos os seus problemas de trajes a partir dele e, após solucionados, poderiam adaptar suas ideias para os outros personagens. Então, após discussões intensivas com Kurzel e Fassbender, e com o roteiro em mãos, Sheldon primeiramente se reuniu com sua equipe e a colocou para pensar em Aguilar como um personagem, e a íntima fusão entre quem ele é e o que ele veste.

"Nós queríamos que esse traje tivesse uma grande influência moura", diz ela. "Nós colocamos um pouco de nativo americano em sua composição. Justin estava bastante interessado em criar uma proteção sem a utilização de armadura."

O design tinha de ser simbólico. Novamente, Sheldon enfatizou aspectos fluídicos de uma asa na forma como as miçangas de seu traje se moviam em seu peito, igual a uma águia em pleno voo. As miçangas em si representavam ossos e metal — qualidades da terra. "Ele é da terra", diz ela, explicando que há cerca de 6 mil pequenas peças no traje de Aguilar, cada uma costurada à mão. "Ele é centrado e honesto sobre de onde vem."

Os ossos também tiveram uma influência na cor cinza escura de seu traje, ao qual foram adicionados detalhes vermelhos. Sheldon percebeu que os criadores do jogo sempre incluíam detalhes em vermelho, como sangue, correndo através de seu Assassino digital. Olhe atentamente para a versão do filme e verá que há pequenas peças de cor rubi por toda a alabarda de Aguilar.

O corpo do traje é feito de tecidos crus de seda, que têm uma linda textura em câmera, mas também eram muito difíceis de manusear. Eles ligaram as bordas com couro de estilo nativo americano: costurando-as à mão. Tudo precisava parecer gasto. Aguilar viveu e matou usando essa farda. Ela precisava parecer uma segunda pele: "Tudo são camadas e camadas", diz Sheldon. Não apenas de material, mas também de personagem.

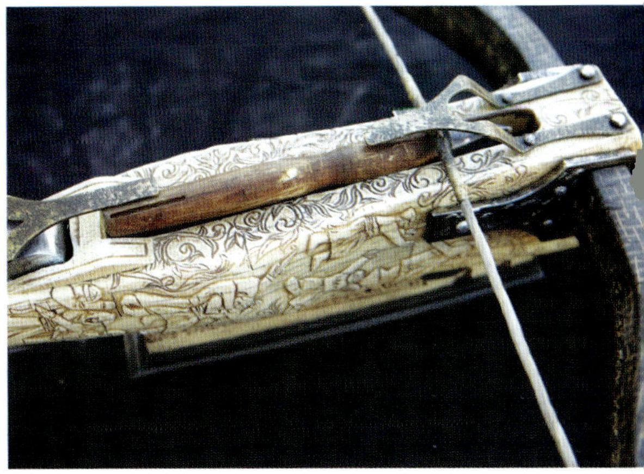

Por exemplo, Kurzel quis dar a Aguilar e seus companheiros Assassinos bugigangas, pequenas recordações e amuletos, que mostrassem por onde haviam passado. Seria como uma história pessoal escrita em seus trajes, sem necessidade de explicação. Sheldon esclarece: "Há pequenos trecos pendurados, como pequenas bolsas que podem conter uma semente ou pedaço de joia que significa alguma coisa. Há diferentes tipos de penas em torno de seus cintos que claramente estão lá por uma razão."

Quanto aos calçados, com as sequências de ação em mente, Sheldon procurou um fabricante de botas em Toronto para criar as solas de *parkour* e amarrações para as autênticas botas do século XV, modeladas para Aguilar.

Para Tim Wildgoose, criar as armas para cada personagem seguia um mesmo princípio de equilíbrio sobre o que aproveitar do jogo, da história, do pronto fornecimento de ideias de seu diretor e do que fosse prático. Ele também pretendia imbuir em cada peça — cada Assassino tinha sua coleção personalizada — a personalidade do dono.

Sendo um aficionado, Wildgoose sempre começava pelo jogo. "Eu conhecia um monte de armas que serviam tanto para os Assassinos como para os Templários. Mostrei-as a Justin e, então, nós decidíamos qual seria melhor para os diferentes personagens. Eu meio que sabia uma breve história dos personagens. Então, eu pegava referências de, digamos, armas mouras do século XIV e as usava como referência."

Então, Wildgoose buscou inspiração para os pequenos ornamentos na arte da era. "Sempre pensei que os Assassinos fossem mais livres quanto a suas influências. E isso é refletido em suas armas."

O processo foi quase como fabricar joias ou relíquias sagradas, só que no caso eram instrumentos mortais. Ele inseriu águias na iconografia das lâminas ocultas de Aguilar, junto aos padrões de composição

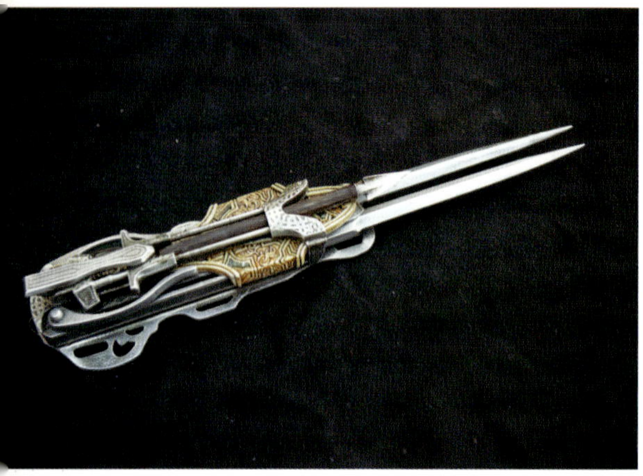

TOPO: *A lâmina oculta de Benedicto.*

CENTRO: *A lâmina oculta de Maria.*

INFERIOR: *A coleção de lâminas ocultas arquivadas no cofre da Abstergo.*

mouros. "Justin gosta de muito osso e madrepérola nas armas mouras que pertencem a Aguilar e a Maria. São peças de madrepérola bem refinadas e ossos com detalhes esculpidos com qualidade. A temática é bastante moura."

Uma coisa que ele adora a respeito do jogo é a maneira como os jogadores podem escolher suas próprias armas. Foi uma ideia que ele iria inserir no filme. Cada Assassino tem preferência por uma peça única, ou, como Wildgoose prefere, pela sua "arma usual". Para Aguilar, o Assassino à queima-roupa, as armas definitivas são um par de lâminas ocultas, as mais icônicas de todo o catálogo de armas do jogo.

"Eu sempre vi as lâminas ocultas como algo fabricado pelos próprios Assassinos, então, cada uma delas é feita sob medida." Wildgoose faz uma comparação com a maneira como os Cavaleiros Jedi constroem ritualmente seus próprios sabres de luz, em *Star Wars*. "Cada arma é personalizada e se relaciona com os figurinos e com o estilo de luta."

Enquanto Aguilar possui uma lâmina em cada pulso, o que é ideal para cortar a garganta dos inimigos, as lâminas ocultas de Maria são duplas. "O que serve para apunhalar rapidamente e fugir", diz, de modo pragmático, o armeiro.

Uma das coisas a respeito dessa tarefa que Wildgoose mais apreciou foi a determinação do seu diretor em utilizar o máximo possível de efeitos práticos. Mesmo que isso não significasse assassinatos de verdade, o armeiro se certificou de que todas as armas pudessem funcionar no mundo real. "Foi mesmo complicado", admite ele sobre as lâminas ocultas. "Fizemos os mecanismos baseados em canivetes e neles aplicamos engenharia reversa para criar um tipo de versão do século XV."

Teoricamente, uma pequena corda liga o bracelete ao anel no dedo de um Assassino. Quando se estica o dedo, a lâmina salta para fora. "E a nossa faz exatamente isso", afirma Wildgoose.

As lâminas em si vêm em vários tipos: versões afiadas e detalhadas para *close-ups*; lâminas de metal cegas para planos médios; e outras de borracha bem macias para lutas ou embates corpo a corpo. Já quando se trata da "verdadeira" mutilação, existem versões encurtadas que são estendidas com CGI.

Wildgoose possui um departamento de 20 escultores, coureiros, metalúrgicos, engenheiros e pintores. "Cá entre nós, a gente só constrói as coisas", ele diz logo de cara. Ele estima que já devem ter manufaturado algo em torno de 3 mil armas para o filme. "Com o Michael, nós temos de 10 a 15 lâminas ocultas. Então, obviamente, também precisamos fazer uma versão para os dublês." Algumas delas tinham peças móveis, com mecanismos de relógio, para que você pudesse ver os personagens interagindo com elas. A instrução do armeiro para a sua equipe com relação a qualquer parte mecânica foi: "Façam isso parecer bonito."

Embora não existam exemplares reais de lâminas ocultas acionadas por mola na Europa do século XV, Wildgoose racionalizou que rifles e pistolas de pederneira já estavam começando a ser usados, e que o intrépido Leonardo Da Vinci de *Assassin's Creed* estava certamente elaborando mecanismos intrincados com minúsculas roldanas e engrenagens. Logo, a lâmina oculta se faz *plausível*. Entretanto, como eles estavam prestes a descobrir, expelir uma lâmina é a coisa mais fácil do mundo. Agora, fazê-la voltar novamente é bem mais difícil. Gastaram-se semanas tentando desvendar um mecanismo capaz de retrair a lâmina. Wildgoose estudou atentamente os vídeos feitos por fãs de *Assassin's Creed* que haviam construído suas próprias lâminas ocultas, mas elas não geraram resultados satisfatórios. À moda Da Vinci, eles tiveram que resolver por conta própria. Contudo, mesmo se não forem de fato usadas no filme, não importará. Wildgoose sabe que funcionam.

Finalmente, ele adicionou o brasão de *Assassin's Creed* às lâminas ocultas de Aguilar, bem como às suas facas de arremesso. Falando nisso, ele também escondeu um conjunto de bombas de fumaça em seu personagem.

Na sequência final, Callum, já iniciado no Credo, possui seu próprio par de lâminas ocultas. A versão moderna vem com a mesma águia e com o mesmo puxador, mas é toda feita de materiais modernos: fibra de carbono e aço, em vez do couro e aço do século XV.

A LÂMINA SECRETA DE CALLUM

Para o clímax do filme, vemos um Callum totalmente iniciado e seus companheiros Assassinos se infiltrarem em uma reunião dos Templários na sede da Grande Loja Unida na Londres atual. A questão era: como passar uma arma mortal pelo rígido sistema de segurança dos aeroportos? E a resposta veio do armeiro Tim Wildgoose, que elaborou uma versão moderna da lâmina oculta dos Assassinos capaz de ser remontada a partir de peças escondidas.

Para criar um item cenográfico completamente funcional e pronto para ser montado diante das câmeras, como um mortal quebra-cabeça 3D, Wildgoose e sua equipe aplicaram engenharia reversa em uma lâmina oculta inteira até chegar a seus componentes. "Era uma questão de separá-la em pecinhas", ele explica, "e encontrar uma maneira de levar secretamente essas peças para dentro do prédio."

Então, as diversas peças da lâmina oculta foram escondidas em partes entre os Assassinos. O mostrador de um relógio de pulso esconde o puxador que retrai a lâmina. O fino e longo pino de mola foi guardado dentro de uma caneta. Há uma peça dentro da capa de um celular, outra contida em um sapato, uma disfarçada de fivela de cinto, uma que é um pingente em um colar, e a peça traseira maior está oculta na lombada de um livro. "É uma peça realmente desajeitada para tentar esconder, ela é longa e retangular", diz Wildgoose, "mas acabou se acomodando muito bem na lombada do livro. E pelo fato de estarmos em terreno maçom, e termos padres Templários e símbolos por todos os lugares, nós basicamente construímos uma bíblia Templária e essa peça fica na lombada."

Todas as peças separadas, conforme diz Wildgoose, refletem a estética Assassina: "Por exemplo, o relógio possui o logo dos Assassinos e os ponteiros unidos acabam formando um 'A'."

No filme, cada um na equipe dos Assassinos modernos se esgueira na cerimônia Templária carregando uma peça distinta. À medida que eles passam suavemente uns pelos outros, a lâmina oculta vai sendo imperceptivelmente transferida com a próxima peça do quebra-cabeça adicionada. "Você os vê reunindo todas as peças", diz Wildgoose. "E a peça finalizada é entregue a Callum."

Ao prendê-la em seu pulso, Callum demonstra que está pronto para responder a seu chamado.

OS OUTROS ASSASSINOS

ALÉM DE AJUDAR A MOLDAR SEU PERSONAGEM, o papel de Fassbender como produtor significou que ele possuía voz em todas as principais escolhas para o filme, incluindo o elenco. Havia grandes nomes em jogo para interpretar Maria, a Assassina, uma mulher tão formidavelmente ágil e mortal quanto seu companheiro. Mas, por meio da dedicação de Fassbender em encontrar a química certa, eles tomariam outro Salto de Fé com a atriz independente, relativamente pouco conhecida, Ariane Labed, famosa pelo drama de ficção científica no estilo de cinema de arte, *The Lobster*.

Nascida na Grécia, de pais franceses (ela fala grego), Labed se lançou ao treinamento com o mesmo fervor de sua coestrela, dedicando horas à academia até se tornar proficiente no *parkour* e em operar uma besta ou lâmina como se tivesse nascido para isso (como Maria, de fato, nasceu). Com seu histórico em dança, Labed estava preparada para as coreografias intrincadas da sua equipe de dublês.

"Maria é uma personagem muito objetiva em diversos aspectos", diz Kurzel. "Ela acredita no Credo; não precisa provar nada. Eu só imaginei que Ariane era uma pessoa muito interessante e bonita, além de haver também algo misterioso a respeito dela."

Todos os três Assassinos principais trabalham com o mesmo figurino básico. Por exemplo, cada um de seus mantos se divide em quatro segmentos na altura da cintura e cada segmento pesava o suficiente para que as saias se comportassem de maneira bela enquanto eles se movimentavam e saltavam. Ao mesmo tempo, eles incorporam a variedade multicultural tanto do jogo quanto do período da Inquisição Espanhola. Maria exibe influências berberes norte-africanas, e seu capuz é de um tecido azul acinzentado, delicado o suficiente para que flutue enquanto ela se move.

TOPO: *O traje com inspiração berbere de Maria destaca-se da simplicidade das vestimentas dos aldeões de Granada.*

PÁGINA OPOSTA: *Esboço do traje de Maria.*

O fato de ela ser uma mulher tornou a criação de seu figurino levemente mais desafiadora para Sheldon. "Você está fazendo com que algo pareça encouraçado sem perder a feminilidade, o que é difícil." O peitoral de Maria foi artisticamente tecido com seda de qualidade, contendo camadas de contas d'água e olhos de tigre para assemelhar-se a um colar tribal — outra inserção sutil da temática pagã.

Wildgoose deu a ela uma besta de ossos junto de um escudo. "É como uma luva com uma estrela laminada de cinco pontas. Quando alguém vem em sua direção com uma espada, você prende a espada entre duas das lâminas e gira para quebrá-la."

NESTA PÁGINA: *Os detalhes do traje de Maria.*

PÁGINA OPOSTA, TOPO: *A vestimenta de Benedicto inclui troféus e artefatos que o Assassino guarda em seu cinto.*

PÁGINA OPOSTA, INFERIOR: *Callum confronta Joseph.*

Interpretado pelo veterano ator espanhol Carlos Bardem — irmão de Javier —, Benedicto o mentor atarracado de Aguilar, é oriundo de Sevilha. Logo, suas armas, em particular a robusta alabarda pela qual tem preferência, possuem um metal trabalhado mais crespo e frondoso se comparado com os ossos do equipamento mouro de Aguilar. "Existe uma diferença marcante entre as origens do Assassino e quais são as suas armas", afirma Wildgoose.

Embora a Abstergo seja uma instalação Templária, Callum não é o único Assassino que pode ser encontrado lá. Outro é Joseph, o pai de Callum, interpretado pelo ator irlandês Brendan Gleeson. Joseph tem sido sujeito a repetidas sessões no *Animus*, até os Templários perceberem que ele não possuía o DNA necessário. Fora a mãe de Callum quem deu continuidade à linhagem de Aguilar.

Callum e Joseph, vestidos similarmente com uniformes de duas peças para pacientes, irão partilhar um confronto intenso. "O seu sangue não pertence a você", diz-lhe o pai, desesperado para proteger a ambos, o filho e o artefato. Sendo um prisioneiro da Abstergo em todos os sentidos, Joseph perdeu a esperança. Callum a restaura.

OS TEMPLÁRIOS

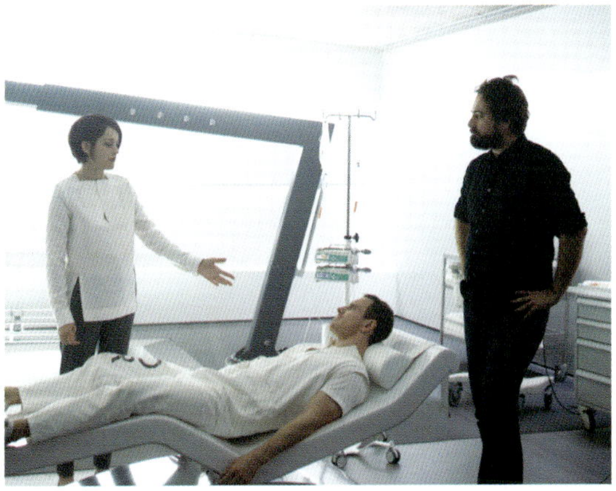

A SOFIA DE MARION COTILLARD pode estar ligada pelo sangue à Ordem Templária, mas sua afiliação permanece elusiva, o que representou para Sheldon um desafio. "Você não sabe de que lado ela está ao longo do caminho. Na primeira vez que Callum a vê, queríamos que ela tivesse um visual hospitalar." Sofia veste no torso uma gola quadrada, lindamente projetada, porém com um formato Templário embutido. "Também parece um pouco com um manto hospitalar", Sheldon comenta. "Mais adiante, ela tem esse pequeno vestido como uma indicação de seu comportamento mais feminino — um visual vagamente '*audrey-hepburniano*'."

Ainda assim, tudo o que ela veste é cinza, preto e branco. Sheldon não quer que notemos as suas vestimentas, porque Sofia é totalmente dedicada a seu trabalho. "Não que ela não se importe", Sheldon acrescenta. "Suas escolhas são belas, mas sempre funcionais. Ela é um tanto ambígua."

Mesmo sendo evidentemente um vilão, Alan Rikkin também é um tipo de enigma. Ele acredita que a humanidade não pode viver sozinha e que a elite precisa comandar o mundo. Não como ditadores, mas como pessoas sábias. Ele é um elitista e acredita que a elite deveria mandar no mundo.

O diretor da Abstergo é interpretado pelo mestre britânico Jeremy Irons, um ator que traz consigo um irretocável histórico de vilania nos cinemas, incluindo um prêmio Oscar, como Conde Von Bulow no filme *O Reverso da Fortuna*, *O Rei Leão* e, mantendo a tradição, Rodrigo Borgia, da série televisiva *The Borgias*.

"Eu podia ver Jeremy e Marion juntos, como pai e filha", diz Kurzel. "Rikkin faz alguns discursos ideológicos muito fortes ao longo do filme, e eu pensei que ele traria clareza e autoridade para esses diálogos."

Para Sheldon, era importante lembrar que Rikkin era um cavalheiro. "Ele veste roupas realmente caras. Mas você quer que ele sinta como se estivesse escolhendo parecer mais confortável do que deveria, pois ele está tentando manipular a situação."

O vestuário de Rikkin oscila de acordo com seus interesses: nós o vemos de terno, de suéter e gravata e com roupas inspiradas na cultura japonesa — tudo depende da situação. "É bem complicado mapear essas escolhas", diz Sheldon. "Tudo o que está acontecendo é bem psicológico. E você também não quer criar distrações. Ele foi complicado; você não quer que ele pareça estar arrumado demais."

PÁGINA OPOSTA: *Marion Cotillard no set do escritório de Alan Rikkin.*

ACIMA: *A vestimenta branca de Sofia e sua gola quadrada imitam o aspecto limpo e clínico de uma sala de repouso.*

ABAIXO: *Das vestes de um Grande Mestre Templário ao traje que ele usa para sua entrevista em Londres, Alan Rikkin prefere cores escuras e desenhos descomplicados.*

O chefe das forças Templárias no epicentro da Inquisição Espanhola é o formidável Ojeda. Estando à altura de Aguilar, ele precisava exalar força e dramaticidade. Há algo quase gótico a respeito dele.

"Nós tecemos todo esse couro, porque eu queria que houvesse uma referência levemente samurai", diz Sheldon, levando em consideração que ela também precisava facilitar para a quantidade de dublês envolvidos. Tudo em Ojeda se resume a quadrados, os ângulos retos refletindo o estilo visual Templário. Apenas o seu colarinho e seu cinto, entalhados com influências hispânicas, revelam certo floreio.

Wildgoose afirma: "Eu sempre pensei que as armas dele seriam grotescas. Quero dizer, ele é basicamente um bruto, então, ele tem essa clave presa a uma corrente: uma coisa realmente, horrivelmente pontiaguda." Eles, de fato, construíram uma de verdade, mas era pesada demais para os dublês.

Sua espada, todavia, é de interesse particular. Com um fino toque de nuance histórica, o pomo apresenta uma cabeça esculpida em marfim do primeiro Grão-Mestre dos Cavaleiros Templários, Hugues de Payens. Não é algo que esteja citado no roteiro, apenas outro detalhe sutil provindo dos departamentos criativos.

"Encontramos uma imagem e fizemos uma escultura em 3D a partir dela", explica Wildgoose. "A ideia era que, por ser o mais leal dos Templários, ele teria Hugues de Payens em sua espada."

Sheldon confirma: "De modo correspondente, também havia muitas pinturas de Torquemada para referência. Ele era um frade. E não dá para se distanciar muito disso. É melhor ser honesto sobre essas coisas, eu acho. Demos a ele uma porção de joias que representariam seu grau elevado, e ele tinha sua pequena cruz Templária."

No geral, Wildgoose manteve a diferença entre o "V" dos Assassinos e o quadrado dos Templários em todas as suas armas. "As Templárias tinham de ser robustas, apresentando cantos retos", diz ele. "Com bastante daquele design dentado dos muros de castelos em seu visual." Todas as armas Templárias contemporâneas carregam os mesmos elementos de design das armas do século XV, exceto por serem feitas com materiais modernos. Esse é outro bom exemplo de como o passado se prende ao presente: em vez de armas automáticas, os guardas da Abstergo utilizam bestas e lâminas clássicas.

Em união com seu diretor, Wildgoose decidiu que a tradição Templária ainda se manteria verdadeira nos dias atuais. "Eles são muito tradicionalistas", diz ele. "Ainda portam as cruzes Templárias. A ideia é que seus estilos de luta e suas artes marciais permaneceram. E que isso também se aplica a suas armas. Beira o cerimonial, de certo modo."

De fato, para uma cena cerimonial tardia, Sheldon vestiu seus Templários com mantos encapuzados semelhantes a "pilares de preto". A ideia era que seus figurinos fizessem uma conexão direta ao passado, com as vestes cruas de Torquemada, semelhantes às dos frades. "A pergunta sempre foi esta: como nós podemos levar isso adiante? "

PÁGINA OPOSTA: *O traje de Ojeda inclui detalhes ornamentados no couro e padrões sutis no tecido.*

ACIMA: *Os ângulos rígidos e quadrados do traje de Torquemada correspondem à linguagem visual dos Templários.*

CAPÍTULO 6

O ARTEFATO

DESCOBRINDO CRISTÓVÃO COLOMBO

UM RECURSO ADORADO NO JOGO é a oportunidade dada aos jogadores de interagirem com significantes figuras históricas. Não simplesmente figuras famosas, mas líderes, revolucionários e artistas, aqueles poucos que podem afirmar terem mudado a humanidade, para melhor ou para pior. Alguns provam ser Assassinos, enquanto outros são Templários. O já mencionado Leonardo da Vinci, Charles Darwin, George Washington, Karl Marx, até mesmo a Rainha Vitória e Napoleão Bonaparte, todos cruzaram seus caminhos com os Assassinos da franquia. Então, fez todo o sentido que os produtores e o diretor tivessem introduzido suas aparições especiais de peso.

Visto que a história é parcialmente localizada na Espanha de 1491, isto lhes deu Torquemada e os membros da realeza espanhola. Mas também ofereceu a eles a chance de estar cara a cara com Cristóvão Colombo.

"Existem certos tipos de figuras que se encaixam com as ideologias opostas", diz Kurzel. "Você pode associar Torquemada aos Templários, e foi muito mais fácil associar Colombo aos Assassinos. Esses caras — um, o explorador que encontrou o Novo Mundo; o outro, um dos pintores e projetistas mais inovadores que já existiram — tinham os traços de personalidade que você associaria ao livre-arbítrio."

Além disso, eles imaginaram que enquanto Aguilar batalhava para salvar a Maçã do Éden, Colombo estaria ativamente preparando-se para sua fatídica viagem com o objetivo de encontrar uma rota alternativa para as Índias, e acidentalmente descobrir o Novo Mundo no meio do caminho. Então, Nicholson pensou que sua versão do intrépido explorador seria encontrada em um estaleiro espanhol, filmado em um forte maltês alternativo que seria, então, aperfeiçoado com CGI.

Nicholson fez muitas das ilustrações para o estaleiro e está evidentemente satisfeito com o resultado — um cemitério de embarcações antigas. "Os navios eram lançados ao mar nas marés altas, então, a tendência era construir os estaleiros em estuários enlameados", ele explica. "Eu realmente gosto da ideia de ter esse lugar lamacento onde existem todas essas carcaças de navios que foram desmontados para construir outros navios, todas essas formas esqueléticas. E a água estaria assoreada pela lama. Era só uma imagem bacana."

Fundamentalmente, Aguilar entrega a Maçã para Colombo, deixando-a sob sua custódia, uma cena filmada no cenário de uma pequena cabine construída em Pinewood, e se você prestar bastante atenção, vai conseguir ver o brasão de *Assassin's Creed* entalhado nas paredes. Os momentos finais da terceira regressão — de fato, os momentos finais no passado — vão revelar o paradeiro atual da Maçã a Rikkin e Sofia.

ACIMA: *Várias cartas de navegação criadas para o navio de Colombo.*

PÁGINA OPOSTA, TOPO À ESQUERDA E TOPO: *Decoração do cenário e ilustração do navio de Colombo.*

ACIMA, À ESQUERDA E À DIREITA: *Ilustrações mostram a pedra tumular de Colombo.*

POR DENTRO DA MAÇÃ

SENDO UMA DAS PEÇAS DO ÉDEN DA SÉRIE, a Maçã é um item poderoso que permitirá aos Templários alcançar seus objetivos. Isso, claro, é uma simplificação exagerada da sua função em um universo tão deslumbrantemente arcano como o de *Assassin's Creed*. Um diretor determinou que cada parte constituinte desse filme tivesse em si um fundo de verdade, não importando quão inconcebível fosse. A Maçã não é somente o objeto da missão dos Templários, ela é fundamental para os temas do filme que envolvem memória de DNA e a causa principal da violência.

Mesmo que a Maçã seja o objetivo dos Templários, ela não é o foco principal da história. O artefato é algo que precisa ser protegido, mas não é o coração do filme. Durante a busca pelo artefato, eles contam a história humana de Callum.

Ainda assim, a Maçã garantiu uma quantidade extraordinária de idealização conceitual. De acordo com o jogo, as Peças do Éden foram uma vez utilizadas pela Primeira Civilização para controlar a humanidade, e a Maçã é justamente o fruto proibido descoberto por Adão e Eva (os primeiríssimos Assassinos). Outras Peças incluem o Sudário que deu a Cristo seus poderes, uma espada usada pelo Rei Arthur, e Caveiras de Cristal espalhadas pela América Central e do Sul. Tal mitologia, é claro, não se encaixa no âmbito dos assuntos do filme, no qual a Maçã é algo mais próximo de um instrumento científico. Se os Templários encontrarem este artefato, eles poderão, então, utilizá-lo como um mapa do DNA, para localizar o livre-arbítrio dentro dos humanos e reprimi-lo.

Como diz Kurzel: "Os Templários, ao longo da história, vêm tentando controlar a humanidade por meio da religião, da política, do capitalismo, e, agora, eles encontraram uma maneira de controlar a humanidade por meio da ciência."

Marion Cotillard gosta de atribuir um propósito mais simbólico ao item tão procurado. "Ela é um símbolo de separação. É o símbolo de revolução. E, eu devo acrescentar, também é o símbolo do livre-arbítrio."

Qualquer que seja o seu propósito, ela repousa escondida por muitas camadas de proteção. Vamos, então, encontrar o nosso caminho até o centro.

ACIMA: *Torquemada finalmente descobre a Maçã do Éden*

À DIREITA: *Alan Rikkin ativa a Maçã.*

A CAIXA

Guardada dentro de um compartimento nas paredes da Alhambra, a Maçã é mantida em um baú especialmente projetado. Criado pelo departamento de objetos cenográficos de Tina Jones, eles sabiam que precisava ser algo belo, mas em conformidade com os seus arredores.

Jones revela que esta caixa é baseada nos designs bizantinos genuínos, esculpidos de modo ornamental, que originalmente seriam de madeira com marfim revestindo a parte externa. "Nós recriamos o marfim esculpido com pedaços que estavam descascando", diz ela. "Essa foi uma referência muito boa, porque fez parecer que havia sido bastante manuseado." Esse tipo de qualidade desgastada teve um bom apelo para Kurzel e para a estética geral do filme.

Dentro da caixa, eles construíram uma concha para conter a Maçã em vez de colocá-la repousando em um acolchoado de tecido, como em uma caixa de joias. Isso, Jones pensou, teria se desintegrado há muito tempo. "Então, nós embutimos o brasão nela", ela diz. "É um item magnífico, realmente adorável."

É evidente que esta caixa não poderia ser feita de marfim verdadeiro; é uma resina esculpida de modo a parecer marfim, a partir da qual é, então, retirado um molde para que eles possam criar repetidas versões da caixa, algo que acontece com todos os objetos principais. Jones faz um comentário rápido: "Nós sempre fazemos a versão 'herói', depois fazemos uma para os ensaios e ainda temos uma 'herói' substituta para o caso de a original ser roubada ou danificada."

TOPO: *O emir retira a caixa de seu compartimento secreto na parede.*

À DIREITA: *Ilustrações da caixa apresentaram rachaduras e envelhecimento para dar ao marfim uma aparência antiga e lendária.*

O FUTURO DO PASSADO

UMA COISA É CERTA, a porta está escancarada para expandir ainda mais esse universo. Existem, ainda, as outras Sementes do Éden para serem encontradas. A batalha entres Assassinos e Templários está longe de terminar. Há potencial para toda a variedade de histórias e de possíveis cenários. Afinal, a própria história em sua totalidade está aberta a eles.

Existem novos jogos e avanços na mitologia em constante desenvolvimento, que irão incorporar os eventos e designs do filme. O Diretor de Conteúdo de Marca de *Assassin's Creed*, Aymar Azaïzia, explica que a marca abraçou completamente a evolução elaborada do *Animus* que vemos no filme, até mesmo antecipando-a nos livros, ao introduzir versões mais físicas da máquina. A partir do filme, eles propuseram que os Templários tenham inúmeras instalações por todo o mundo (um mapa no escritório de Alan Rikkin aponta suas localizações) e que os Assassinos encontraram uma maneira de pôr suas mãos na tecnologia. De acordo com Azaïzia: "Eles estão trabalhando em sua própria versão, mas ainda persiste um pouco a velha guarda."

Kurzel afirma que não há como negar o potencial desse material: "*Assassin's Creed* é mais do que um jogo de entretenimento unidimensional. Existe algo por trás com o que as pessoas se conectam psicologicamente, algo que importa e interessa de verdade."

À ESQUERDA: *Ao se recusar a matar seu pai, Callum começa a trilhar seu próprio caminho.*

TOPO: *No fim das contas, Callum deve decidir seu próprio destino.*

A BUSCA DE UM SIGNIFICADO

NO MOMENTO EM QUE AGUILAR ENTREGA A MAÇÃ a Colombo, algo significativo ocorre. Na situação vista através do *Animus*, misturando Callum à imagem, é como se Aguilar entregasse o artefato a seu descendente. Aguilar diz a Colombo: "Pegue-a e a esconda", mas, na verdade, ele está dizendo para Callum.

Nesse momento, Callum compreende o seu destino.

Quando partiram em sua jornada para levar *Assassin's Creed* às telas, eles estavam determinados a quebrar o estigma das adaptações de jogos e fazer algo inédito. Queriam que seu filme tivesse algum significado. De fato, ele significa várias coisas.

Para Nicholson, "parte dos defeitos de nossa raça é que a gente não vive muito tempo. Ninguém se importa mais com qualquer coisa que tenha acontecido no passado. Se a gente chegasse a viver 200 ou 300 anos e se lembrasse de tudo, o mundo seria um lugar muito diferente. Isso é parte do que a regressão significa para um personagem. Gosto disso, de reconhecer o passado, de reconhecer quais coisas estão lá atrás."

Segundo Cotillard: "Eu diria que o tema é a origem da violência. Sofia está buscando uma cura para a violência, mas o que ela deveria estar procurando é a reconciliação entre os seres humanos."

Desde a primeira conversa que Kurzel e Fassbender tiveram sobre *Assassin's Creed*, essa adaptação tem sido um catalisador para reflexões profundas por parte do diretor.

Kurzel comenta: "Para mim, o filme é sobre a ideia de que aquilo que vem antes de nós, em nossa história, diz muito sobre quem somos e quem seremos. Nosso destino não se encerra quando morremos."

Ele explica que temos a responsabilidade de viver a vida ao máximo, porque essa vida pode ser passada adiante e herdada por outra pessoa. Quando você morre, todas as experiências, todo o esforço e conhecimento, todos os amores e desapontamentos não morrem consigo, eles vivem para sempre e são transmitidos por seus filhos.

Kurzel explica: "O filme é uma história da origem sobre um homem que descobre quem ele é por meio de seu passado, e entende que é parte do Credo. E eu sou parte de um Credo — quando você olha para seus pais e avós e mais além, vê que há uma linhagem e que esse sangue existe em suas veias. A ideia de que sua vida pode ter centenas de anos é realmente instigante."

Além do mais, a batalha eterna entre os Assassinos e os Templários possui o tema universal da condição humana: todos nós precisamos de algum tipo de controle, pois, se não o tivermos, nós não avançamos como sociedade. A história é como uma dança entre duas filosofias. Qual é o custo do livre-arbítrio? Que tipo de sacrifício o livre-arbítrio exigirá?

TOPO, À ESQUERDA: *Cristóvão Colombo leva o segredo da Maçã para sua cova.*

ACIMA: *Michael Fassbender preparando-se para filmar o Salto de Fé no* Animus.

PRÓXIMAS PÁGINAS: *Ilustrações mostram uma sincronização completa no* Animus.

Você poderia dizer que esse filme, tão imerso no passado, na verdade gira em torno de captar o futuro. Como diz Maria em uma cena: "O hoje é tão importante quanto o que deixamos para trás."

Em outras palavras, viva o agora. Aproveite o dia.

O próprio *Animus* configura uma metáfora em vários níveis. Sobre o ato de jogar: quando Callum é ligado por um "controle" a Aguilar. Sobre o cinema: pela ideia de ver e de experimentar o que o outro personagem está passando. E sobre o universo como um todo: quando batalhamos para controlar nossas vidas e não nos deixarmos controlar.

Em última análise, por meio de todas as performances, do deslumbrante desenho de produção, dos efeitos especiais, dos figurinos, do trabalho de dublês, da direção de fotografia e de todo o esforço imenso que foi dedicado a *Assassin's Creed*, também há espaço para a imaginação do público. O filme oferece uma resposta para como era a vida 500 anos atrás. Ele dá um gostinho do que seria correr pelos telhados ou saltar de uma catedral a quase 38 metros do chão. E, por alguns instantes, será como voar.

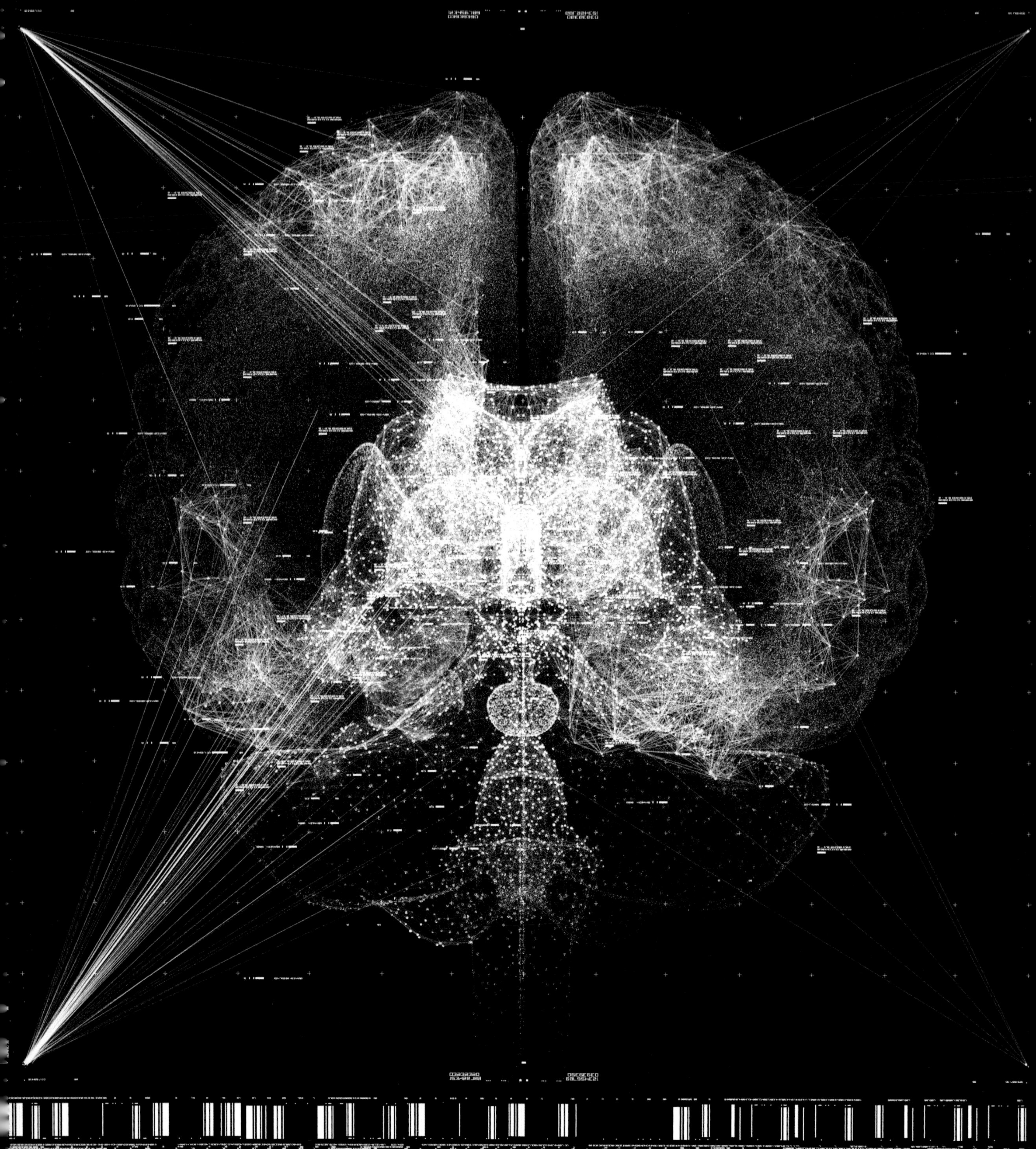

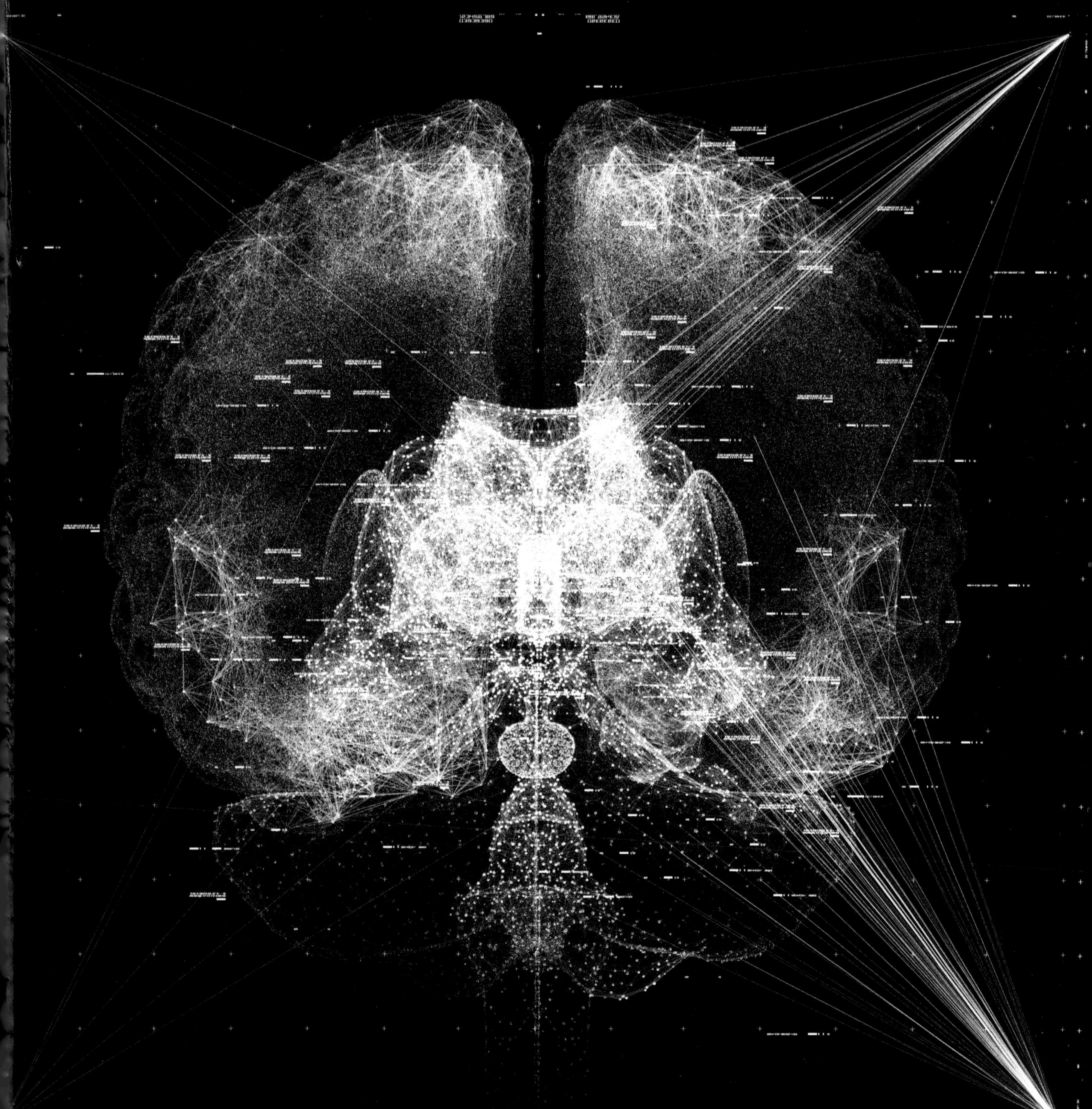

WWW.COQUETEL.COM.BR

Encontre-nos no Facebook: www.facebook.com/editorapixel

Siga-nos no Instagram: @editorapixel

Publicado conforme acordo com Insight Editions, LP, 800 A Street, San Rafael, CA 94901, USA, www.insighteditions.com
Catalogação na Publicação de Dados da Library of Congress disponível.
ISBN: 978-1-60887-797-3

EDITOR: Raoul Goff

DIRETORA DE ARTE: Chrissy Kwasnik

DESIGNER: Jon Glick

EDITORA EXECUTIVA: Vanessa Lopez

EDITORA ASSOCIADA: Katie DeSandro

EDITORA DE PRODUÇÃO: Rachel Anderson

GERENTE DE PRODUÇÃO: Carol Rough

ASSISTENTE DE PRODUÇÃO: Sylvester Vang

FOTOGRAFIA DE FRAMES POR Kerry Brown

CRÉDITOS DOS ARTISTAS:
Sevendalino Khay (8–9, 100–101, 104–105, 112–113, 116–117, 120–121), Arnaud Valette (95, 98–99), Tony Nguyen (62–63, 68–69), Philippe Gaulier (97, 122–123), Jonathan Whicher (23, 62–63, 64–65, 66 inferior, 68, 70 topo e centro, 121, 152–153), Levente Petterfy (67), Stephane Levallois (61 esquerda, 66 topo, 68 direita), Virginie Bourdin (23, 60 direita, 62–63, 64 inferior, 65 inferior, 66 topo, 152–153), Andrey Riabovichev (66 inferior), Kamen Anev (151), Florian de Gesincourt (13), Jonathan Opgenhaffen (20–21, 70 topo e centro, 71 topo), Gerald Blaise (40 inferior à direita), Graham Page (71 inferior), Ash Thorp e Ryan Cashman (4–5, 32–33, 62–63, 79 centro à direita e inferior, 158–159), Max Berman (106–107), Gregory Fangueaux (38-39, 40 topo, 42-43 centro e inferior, 59 inferior), Matt Wynnes (42–43, 44 inferior à direita, 47 inferior), Tim Wildgoose Company (54–55), Marc Holmes (62–63, 65 inferior), Kurt Van der Basch (93 topo, 108 inserção), Gerard Dunleavy (152–153), Andy Nicholson (35, 38 inferior, 60 esquerda, 101, 102 topo, 105 topo)
ARTISTAS ADICIONAIS: Gerard Dunleavy, Olivier Pron e Darren Tubby.

EDIOURO PUBLICAÇÕES DE PASSATEMPOS E MULTIMÍDIA LTDA.

DIRETORIA: Jorge Carneiro e Rogério Ventura

EDITOR-CHEFE: Daniel Stycer

ARTE: Télio Navega

DESIGN: Jefferson Gomes

MARKETING: Everson Chaves

REVISÃO: Dalva Corrêa, Maria Flavia dos Reis e Marta Cataldo

CONTROLE: William Cardoso

CIRCULAÇÃO: Luciana Pereira

PRODUÇÃO GRÁFICA: Jorge Luiz Silva

Rua Nova Jerusalém, 345 – CEP 21042-235 – Rio de Janeiro – RJ.
Tel.: (0XX21) 3882-8200; Distribuição: Dinap Ltda. – Distribuidora Nacional de Publicações, Rua Doutor Kenkiti Shimomoto, nº 1678, CEP 06045-390 – Osasco – SP. Tel.: (0XX11) 3789-3000.

VERSÃO BRASILEIRA CRIATIVO MERCADO EDITORIAL

PUBLISHER: Carlos Rodrigues
DIRETORA FINANCEIRA: Esilene Lopes de Lima
DIREÇÃO DE ARTE: Eduardo Nojiri
TRADUTOR: Guilherme Colichini Nóbrega
REVISÃO: Lucas Dias, Geraldo Bosco e René Ferri

IMPRESSO NA RR DONNELLEY

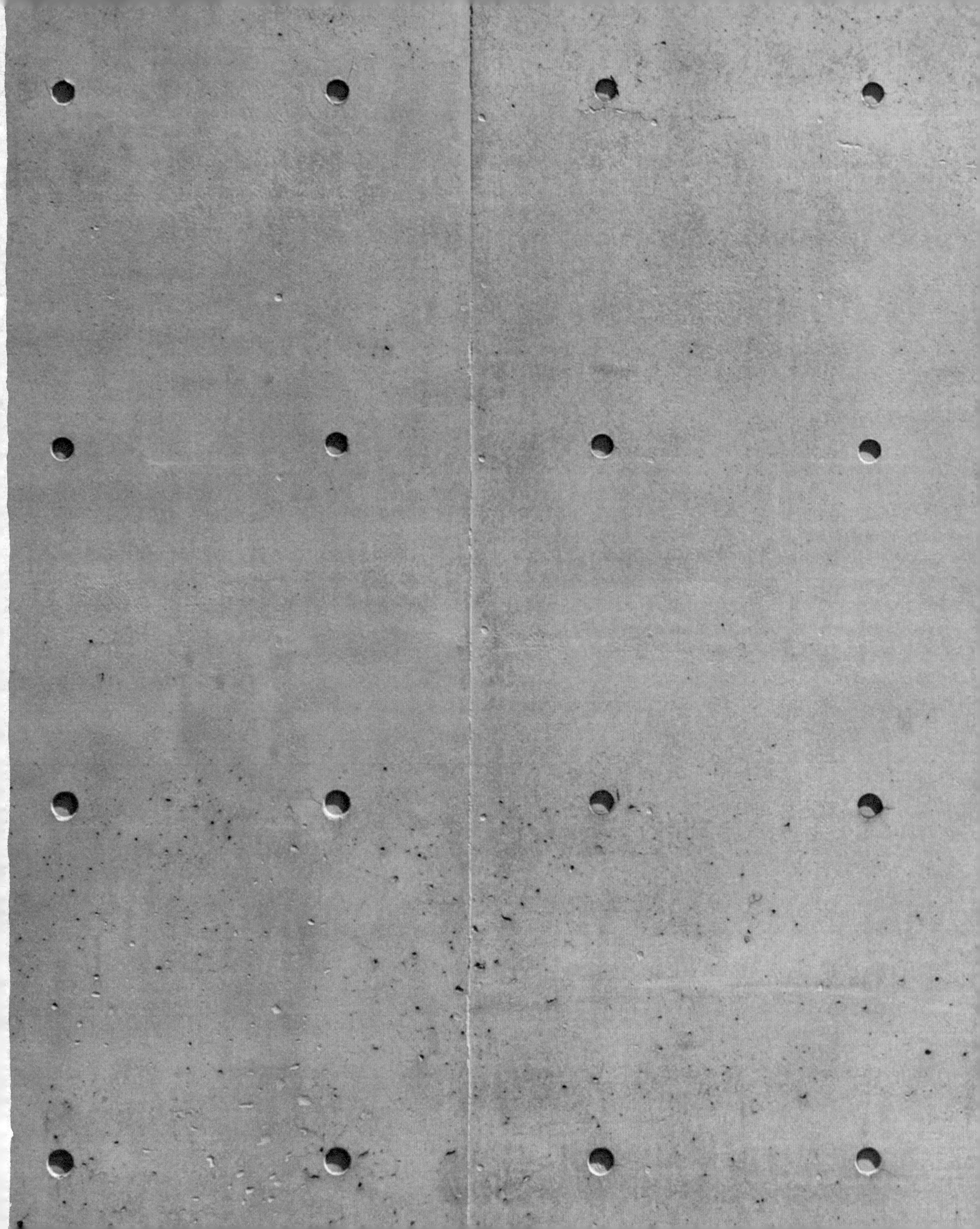